AF377912

OKARIA NATTERO-BELLOUNAT

Les nouvelles aventures d'Arsène LUPIN

La déesse d'argent

Le Code de la propriété intellectuelle n'autorisant, aux termes de l'article L. 122-5 (2 et 3° alinéa), d'une part, que les "copies ou reproductions strictement réservées à l'usage privé du copiste et non destinées à une utilisation collective" et, d'autre part, sous réserve du nom de l'auteur et de la source, que les analyses et les courtes citations dans un but d'exemple et d'illustration, "toute représentation ou reproduction intégrale ou partielle faite sans le consentement de l'auteur ou de ses ayants droits ou ayants causes est illicite" (art. L. 122-4).

Cette représentation ou reproduction, par quelque procédé que se soit, constituerait donc une contrefaçon sanctionnée par les articles L. 335-2 et suivant du Code de la propriété intellectuelle.

Merci à mes parents
pour leur soutien et leur
confiance.

Okaria

Un voyageur impatient le bouscula, s'échappant déjà dans la cohue générale. Le jeune homme s'excusa par automatisme, tandis qu'il récupérait la mallette de cuir posée à ses pieds. Le peu d'affaires qu'il avait apporté était rangé en pagaille à l'intérieur. Bien qu'il soit ravi d'avoir effectué ce séjour dans l'est de la France, il n'aurait pas imaginé qu'il apprécierait autant son retour. Quelques minutes d'arrêt le temps nécessaire pour que de nouveaux passagers se pressent dans l'habitacle, semblables aux chaussettes et aux maillots de corps qui s'entassaient dans sa valise, et le train reparti, expulsant une épaisse fumée noire qui le fit tousser. Abandonné sur le quai, il comprit que son escapade, ainsi que ses vacances, étaient terminées.

Constantin ne détestait pas la musique toute particulière des trains, leurs engrenages habiles qui se mouvent comme le roulis des vagues. Il y avait quelque chose de précieux dans l'inconfort des sièges, dans un horizon toujours renouvelé à travers les vitres glacées. Mais rentrer au foyer lui plaisait encore plus. Ce sentiment doux, et cependant amer était délicieux. L'expression intensifiée du renoncement à chaque nouvelle aube de la nuit qui la précédait. Afin que les instants de vie deviennent des souvenirs, il fallait accepter de les confier à la mémoire. Et pour Constantin, de ces moments subsisteraient des sensations, des rires que l'on entend avant qu'ils ne naissent sur des lèvres, des drapés de couleur rose entre les nuages qui paralysent par leur beauté, et surtout, les frasques du vent qui se précipite dans les corridors.

Il observa son reflet dans la vitre qui lui faisait face, glissant une main dans ses cheveux ébouriffés. La chaleur étouffante lui saisissait la poitrine, le brouhaha des quais lui montait à la tête et l'étourdissait comme une trop forte liqueur. Alors, il se décida à entrer dans un café proche pour échapper quelques instants à la foule qui se dirigeait vers la sortie, dans une cacophonie humaine intenable.

Une dizaine de tables étaient installées en rangs étroits, l'odeur des graines torréfiées et des viennoiseries lui parvint et son estomac grogna d'anticipation. Il aurait aimé pouvoir s'arrêter, déguster un croissant tiède, si seulement il disposait d'un peu plus d'argent. Hélas, il ne lui restait que très peu de son dernier salaire pour terminer le mois et ses rentrées financières étant irrégulières, il ne savait pas quand il pourrait renflouer son porte-monnaie.

Heureusement, il habitait un petit appartement que lui offrait généreusement son patron. Ce n'était rien de très extravagant, mais le jeune homme l'avait décoré à son goût, afin d'y recevoir de temps en temps une connaissance. Constantin était assez solitaire, de par sa nature méfiante et son travail chronophage, mais parfois, il aimait s'octroyer des moments de partage, notamment avec Thomas, dont il avait fait la connaissance tout en prenant soin de le cacher à son patron, Maxime Daspry.

Ce dernier résidait dans le logement situé en dessous du sien, une charmante garçonnière décorée avec une grande finesse et avec la modernité des formes géométriques qui deviendraient bientôt un remarquable succès commercial.

Constantin ne pouvait s'empêcher de rougir en se remémorant la rencontre entre Thomas et Daspry.

Son patron était venu sonner à sa porte sans prévenir, prétextant une affaire urgente à traiter avec lui. Qu'elle ne fut pas son amusement lorsqu'il découvrit l'inattendu invité. Sans gêne aucune, il prit place sur une chaise et se mit à participer à la conversation. Pas un instant, Daspry hésita à poser des questions à Thomas, ce qui ne servit qu'à rendre le jeune homme confus, et maladroit, bégayant des réponses à l'être élégant qui le scrutait avec un regard intense. En fin de compte, cela n'avait été qu'un amusement pour lui, afin de provoquer une incommodité chez le jeune homme, mais Constantin ne pouvait retenir un petit rire en se souvenant de la scène.

Arrivé à l'extérieur de la gare, il chercha du regard si son patron ne l'avait pas oublié, avant qu'il ne remarque un véhicule stationné, vers lequel il s'approcha. Un mot se trouvait accroché au rétroviseur droit. Il reconnut immédiatement l'écriture élégante de Daspry.

"Mon brave, les clés de la voiture sont posées sous le tapis. J'espère que tes vacances furent reposantes, car nous aurons de nouvelles affaires à traiter dès ton retour. Il est bien inutile que je te note l'adresse, puisque nous partageons cet immeuble. Amitiés sincères. M.D"

Constantin eut un sourire en lisant le message. Il était employé en tant que chauffeur auprès de lui, mais il considérait cet homme davantage comme un ami, car il éprouvait à son égard une grande estime et une immense reconnaissance. Individu loyal, profondément respectueux de son patron et de ses habilités, il avait su conserver une candeur, une spontanéité, qu'il protégeait contre les aléas du monde telle une flamme, lui brûlant les paumes, mais qu'il se devait d'abriter du vent.

Il laissa ses doigts frôler la carrosserie luisante. C'était une nouvelle voiture que son patron venait d'acquérir parce que la précédente était plusieurs fois tombée en panne, après un accident conséquent qui l'avait à jamais endommagée.

Le véhicule en question était une Cadillac type 55, neuve et d'exportation. De l'extérieur on distinguait les sièges de cuir clair et confortable. C'était un bonheur pour Constantin de pouvoir conduire de si belles voitures, il lui aurait fallu plusieurs vies de labeur acharné pour pouvoir approcher d'un seul de ces bijoux de technologie. Heureusement, il possédait cet avantageux emploi auprès de son patron.

La lumière frappait la carrosserie d'un vert sombre. La nature avait laissé place à l'ère de l'industrie et de la mécanique, les rouages s'actionnaient au prix des arbres qui s'effondraient, et la couleur imitait même la végétation dont les avancées s'étaient débarrassées afin de bâtir le nouveau millénaire.

Travaillant depuis plusieurs années en tant que chauffeur particulier pour Maxime Daspry, il ne s'étonnait plus. Il avait connu tant de situations extraordinaires qui devinrent son propre ordinaire que sa capacité à s'émouvoir du quotidien était saturée. L'homme qu'il avait la chance de côtoyer était un de ces héros, un de ces êtres fantastiques qui façonnent et fascinent le monde. De cet acabit que l'on ne rencontre que dans les romans. Ces pionniers exaltés, ces impétueux qui agrippent la vie, la dérobe les deux mains tendues pour vivre pleinement les plus belles aventures que le destin dresse sur nos chemins.

Et pour cause, le patron de Constantin n'était autre qu'Arsène Lupin.

Il passa ses doigts dans ses cheveux afin de les dompter. Ils avaient poussé durant ses vacances, et cela s'avérait peu pratique. Dès qu'il eut trouvé la clé, cachée sous le tapis tel que le message lui indiquait, il s'aperçut grâce aux vitres qui lui renvoyaient son reflet, que sa coiffure était de nouveau défaite par le vent. Avec un soupir, il comprit que c'était une bataille qu'il ne pouvait gagner.

Le jeune homme était en train de jeter sa valise sur le siège arrière, lorsqu'il détecta au milieu du vacarme grondant et rugissant de la rue une voix nasillarde qui criait les actualités à qui souhaitait les écouter. Les passants l'ignorèrent, et Constantin allait faire de même lorsqu'il entendit le vendeur annoncer :

'Arsène Lupin arrêté ! Le gentleman-cambrioleur est détenu à la prison de la Santé, en attente de son procès. Achetez les journaux !'

Il devint livide, s'agrippant au volant de la Cadillac. Ce n'était pas possible. Il ne s'était absenté que quelques jours, et cela avait suffi pour qu'une catastrophe se produise. Pourtant la voiture neuve était bien là, Lupin l'avait fait amener. Comment tout cela avait-il pu arriver ?

Le vendeur de journaux commença à fournir des exemplaires aux passants qui s'approchaient, intrigués et curieux. Le jeune homme n'en fit rien, tétanisé par le choc. Pour avoir la confirmation de ce qu'il venait d'apprendre, il se devait de se rendre à l'immeuble où ils vivaient. Mais la crainte de connaître la réalité était aussi étouffante que le mystère qui l'entourait. Si Lupin avait été arrêté, que devrait-il faire ? Garder la foi que son patron sache s'échapper seul, ou tenter de lui venir en aide ?

Constantin démarra, ses mains tremblantes d'angoisse. Il s'éloigna de la gare en poussant le moteur qui fit un bruit plaisant, tel un vieux mistigri blotti au coin du feu. Lupin le chamaillait à chaque fois qu'il conduisait trop lentement, mais là, le jeune homme se mit à accélérer. Dans la guerre de son esprit, le besoin de vérité avait gagné et il souhaitait rejoindre au plus vite l'appartement et voir ce qu'il en était de ses propres yeux. Il tentait de rester flegmatique, mais la panique l'envahissait, semblable à une vague inarrêtable. Se concentrer sur sa respiration ne faisait que ralentir l'avènement de cette peur primaire : qu'allait-il devenir sans Lupin ?

Après plusieurs interminables kilomètres, il stationna le véhicule devant l'immeuble qu'il partageait avec Maxime Daspry. Il ne semblait y avoir aucune surveillance policière. Aucune voiture inconnue, aucun individu caché derrière des arbres ou interrogeant le voisinage. Tout paraissait calme et serein.

Il descendit de la Cadillac, marchant aussi patiemment qu'il pouvait afin de ne pas se faire remarquer si le quartier était effectivement surveillé. C'était un des premiers conseils que Lupin lui avait offerts. Ne jamais se comporter en voleur fuyant son méfait, garder l'assurance qui camoufle au moins autant si ce n'est plus que les costumes et les fards. Mais Constantin n'était pas comme son patron, il ne disposait pas de cette force de caractère qui l'aurait protégé de ses propres émotions, il n'avait pas non plus son talent d'acteur afin d'ignorer la peur qui l'envahissait.

Arrivé à l'intérieur du bâtiment, il put enfin monter les marches quatre à quatre, le souffle presque coupé. Qu'allait-il faire si le patron était en prison ? La Santé, tout de même, ce n'était pas rien.

La porte de l'appartement d'Arsène était verrouillée, mais il lui avait confié un double des clés des semaines auparavant. S'imaginait-il qu'elle deviendrait utile dans une telle situation ?

Si Lupin avait été arrêté, mais que l'immeuble n'était pas surveillé, cela pouvait signifier que l'identité de Daspry n'avait pas encore été découverte. Ou alors que Constantin était tombé dans un piège, et qu'une horde de policiers patientait, prête à bondir sur leur proie.

Le regard inquiet, il entra vivement dans le couloir. Il manqua de glisser sur un tapis aux motifs géométriques et se rattrapa à l'embrasure de justesse.

— Que diable t'arrive-t-il, mon cher Constantin ? Mon absence t'aura donc bouleversé à ce point durant tes vacances ?

Assis dans un épais fauteuil, Arsène Lupin était en train de lire les journaux.

L'homme était allongé sur le lit inconfortable que l'administration lui avait désigné. Observant le plafond, son pied droit chaussé d'un soulier bon marché tapotait nerveusement le matelas. Sa chambre attitrée, avec autant de mètres carrés que de doigts sur une main, était à la limite de la décence. Pour seule liberté, le faible rayon de soleil qui s'évertuait à le rejoindre à travers la fenêtre haute aux barreaux épais. Lorsqu'il se mettait sur la pointe de ses orteils, il apercevait un bout de ciel grisâtre, et quelques toits de Paris, secs et tranchants. Les bâtiments étaient orgueilleux de pouvoir toucher les nuages tandis qu'il se contentait de draps ternes, et d'assez de place pour faire quatre pas. À rendre fou le plus sain des hommes, il y avait un bruit permanent, un brouhaha répétitif qui semblait être inscrit dans les pierres des murs de la cellule. C'était les gémissements des prisonniers, leurs plaintes qui parvenaient du tréfonds des âges. Il y avait la colère aussi, dont le son ressemblait à un métal que l'on frappe, les portes grattées jusqu'au sang, et la violence de leur rire. Un froid qui s'installait dans chaque recoin, dans la laideur et l'anxiété.

Il commençait à douter de la finalité de ce plan, mais il était déjà trop tard pour que ses inquiétudes aient la moindre importance. Après tout, il était dorénavant en prison, acceptant l'arrestation et confessant tous les délits que les policiers souhaitaient lui faire avouer, sous un nom qui n'était pas le sien. Portant les fardeaux d'un autre qu'il ne connaissait pas.

Cette grandeur d'âme n'était rien de plus qu'un travail pour lui, et si la situation ne devenait pas acide, si l'idée que cette femme énigmatique lui avait proposée aboutissait, il obtiendrait une jolie somme contre ces quelques semaines de désagréments. Suffisamment pour qu'il puisse rejoindre les États-Unis et partir à la poursuite d'un rêve de fortune et de gloire, de pellicules souples, et du grincement des projecteurs. Son visage jeune et charmant devait être repéré, il sentait dans son cœur un appel, l'énergie et la foi qui le poussait vers ce rêve qui fixerait à jamais sa personne dans une légende en noir et blanc. Oui, il deviendrait acteur. Mais avant, il avait dû parier sa liberté pour obtenir le passeport qui lui ouvrirait les portes du Nouveau Monde. Afin d'accéder à la beauté de l'art, il avait dû s'abandonner à l'horreur d'une prison, selon le plan inventé par la commanditaire. Il se demandait qu'elle fût sa vie, pour posséder un caractère tel qu'elle osait mettre en action ces mystérieuses intrigues, dont il ne savait rien si ce n'était le rôle qu'il y jouait.

Un bruit métallique le fit sursauter. C'était la serrure de l'épaisse porte qui le protégeait du reste de l'établissement pénitentiaire, qui s'ouvrait. Puis, il y eut deux verrous sur lesquels le garde travailla, car il fut décidé par les autorités compétentes, de rajouter autant de moyens que possible afin que cette cellule soit sous la plus grande surveillance.

Était-ce pour le garder en sécurité et le protéger des autres détenus, ou bien pour éviter une quelconque évasion ? Certainement la seconde option.

Il était Arsène Lupin, n'est-ce pas ? Le gentleman-cambrioleur, insaisissable, à qui il appartenait d'entrer et de sortir comme il lui semblait, dans tous les manoirs et foyers de France. D'Europe, même !

Nul ne connaissait l'étendue réelle de son intelligence et de sa détermination inaltérable. Et qu'importait sa véritable identité à cet instant ! Le nom d'un autre était l'armure de cet acteur à en devenir, et au regard de la rigidité des muscles des gardes qui le menottait, une évasion était leur crainte principale.

Avec une certaine brutalité, on le poussa hors de sa cellule, après avoir pris soin de le fouiller. Être Arsène Lupin se trouvait être à la fois l'atout et le plus grand risque qu'il prenait, mais il s'agissait d'un personnage à incarner. Un entraînement pour sa future carrière, il osait espérer.

Si le plan échouait, si elle avait cherché à le trahir, il n'y aurait plus que des repas fades,

des odeurs de saletés et de transpiration, et cinq mètres carrés à partager avec le flot interminable de ses regrets.

— Ton avocat est là, bougonna un gardien au visage vulgaire, le guidant à travers de complexes couloirs jusqu'à la salle réservée aux visites. Il pouvait entendre les autres prisonniers l'encourageant sur le chemin qui l'aiguillait vers son destin. Quelques insultes fusèrent, d'insupportables tambourinages sur les portes qui résonnèrent, tels des fantômes grisâtres.

Tout d'abord, il fut installé en face d'une table de bois, abîmée par les années. Son regard se posa quelques instants sur les traces de griffures, des appels désespérés à ne pas terminer un entretien avec une personne aimée, des plaintes silencieuses qui venaient d'un passé pas si lointain. Un frisson le parcourut. Serait-il dans cette situation bientôt ? Avait-il risqué son existence sur un mauvais pari ? Les bracelets de fer restaient à ses poignets, emprisonnant ses mouvements possibles, et le garde ne quitta la pièce que lorsque la personne assise en face lui fit signe que l'entretien était privé.

Puis ce fut le silence qui s'introduisit entre les deux hommes qui se fixaient du regard, essayant de deviner les intentions réelles de l'autre, de lire entre leurs pupilles ce que chacune de leurs pensées pouvait réserver.

— Êtes-vous là pour ma défense ? Je n'ai pas demandé à voir un avocat.

Ce fut la phrase prononcée par le prisonnier qui déclencha la conversation, la détonation qui permit le déroulement de la bobine de pellicules de l'histoire qui allait suivre.

— Pourtant, tu n'as pas refusé de venir au parloir.

Une gouaille certaine composait les notes de la voix de son interlocuteur, qui avait un léger accent qu'il ne parvenait pas à décrire avec fermeté. Britannique, peut-être ? Cet homme avait une apparence hirsute, un peu sauvage, avec des cheveux et une barbe grise qui le vieillissait plus que son visage seul, il semblait avoir été malmené par la vie et être dans l'obligation de défendre ceux qui ne pouvaient l'être. Ses yeux marron brillaient curieusement, pendant un instant, tandis qu'il avait enlevé ses lunettes pour les nettoyer avec un mouchoir de poche, dont le tissu était brodé de chiffres, à la place des habituelles initiales.

— Comment osez-vous me tutoyer ? Ignorez-vous donc qui je suis ?

— Au contraire, je ne le sais que trop bien. Ou penses-tu que je devrais me vouvoyer ? riposta l'avocat.

Le prisonnier eut un petit sourire soulagé qu'il ne tenta qu'à peine de dissimuler. Alors, ça avait fonctionné. Le plan qui avait été élaboré ne comportait aucun accroc. Pour l'instant. Le destin avait entendu son appel. L'homme qui lui faisait face croisa ses mains affirmant une autorité irréfutable. Mais désormais, les cheveux grisonnants, la barbe peu soignée et les petites lunettes rondes n'étaient qu'un déguisement.

— Donc vous êtes…

— Si tu souhaitais être engagé par moi, il y a différentes façons d'agir que de te faire arrêter sous l'identité d'Arsène Lupin. J'admets que c'est une manière originale d'obtenir ma curiosité, car c'est ce que tu désirais, n'est-ce pas ? Capter mon attention et me pousser à te rencontrer.

— Effectivement, mais je n'ai aucun intérêt à devenir un de vos employés. Il me plaît d'être vous, cependant, répondit le prisonnier avec assurance.

— Allons, allons. Pas de fariboles. Tu as contacté l'inspecteur Guerchard qui était beaucoup trop heureux d'une information anonyme lui permettant de m'attraper. Tu as un alibi, que tu révéleras au moment opportun, une carte qui t'offrira la possibilité de sortir de prison, mais cela reste une entreprise risquée. Personne n'affronte de tels dangers seulement pour la reconnaissance.

— C'est pour une autre affaire, beaucoup plus importante que je vous ai fait venir, annonça-t-il finalement, avec un demi-sourire, fier du suspens qu'il créait.

Lupin, ne se laissant pas impressionner, se leva et se dirigea vers la porte d'une démarche franche. Tandis que sa main s'avançait vers la poignée, il expliqua :

— Tu n'as rien à me dire, donc. Et n'ayant aucun temps à perdre avec des flatteurs et des acabits comme le tien…

Le prisonnier savait qu'il s'agissait d'un coup de pression afin de lui soutirer ses mots, mais il ne voulait pas prendre le risque d'assister au départ du gentleman-cambrioleur. Après tout, elle lui avait garanti de le faire libérer seulement lorsque Lupin serait au courant, et que le message lui aurait été délivré. S'il échouait, il ne verrait plus d'autres clartés que celles de sa cellule qui osaient pénétrer entre les cruels et froids barreaux.

— Attendez ! Elle m'a donné une information à vous transmettre. J'ai un message pour vous ! s'écria-t-il avec une ardeur retrouvée.

— Elle ? demanda-t-il, vous avez bien dit 'Elle' ? tout en sentant qu'il n'obtiendrait pas plus d'informations au sujet de la commanditaire de cette étrange missive. Cependant, il resta dos à son interlocuteur, lui faisant savoir qu'il n'accepterait pas un seul mystère de plus, et n'avait pas de temps à perdre en mystifications.

— Oui. Pas exactement. En fait, il s'agit d'une adresse. Elle m'a dit que vous comprendriez tout en vous y rendant.

— Qu'y gagnes-tu donc ?

— Elle m'a offert de l'argent, avoua-t-il avec une certaine honte, l'embarras de n'avoir point une raison moins cupide à présenter.

— Qui est-elle ? répéta le gentleman-cambrioleur.

— Je ne peux pas vous le révéler, mais elle vous connaît. Je pense… Qu'elle avait des sentiments amoureux à votre égard.

Cela n'affinait pas les réflexions d'Arsène.

La discussion prenait visiblement fin. L'individu n'était rien de plus qu'un pion, manipulé dans un tableau plus grand. Partir à la recherche d'une femme inconnue, découvrir pour quelles raisons elle avait souhaité le contacter ne figurait pas dans les plans que se faisait le gentleman-cambrioleur de son futur proche, mais comment pourrait-il refuser de suivre une intrigue si intéressante ?

— Vous serez libéré d'ici peu, annonça-t-il au prisonnier. Je suis vexé que mon petit Roger ait pu vous confondre avec moi. Arsène Lupin est quand même d'une autre envergure que vous, Monsieur Boyer !

— Comment pouvez-vous croire qu'il ne s'agit pas d'un piège, patron ?

Constantin refusait d'un geste de la main la cigarette que le gentleman-cambrioleur lui proposait, tandis qu'ils attendaient devant un portillon qui guidait à une maison vétuste.

— Car, mon cher Constantin, pour quelles raisons une demoiselle me tendrait-elle un piège ?

— Peut-être qu'elle travaille avec la police. Vous savez, ce sont des choses qui se font, dit-il, légèrement anxieux.

— Si c'était le cas, j'aurais été arrêté lors de ma prestation à la prison de la Santé. D'ailleurs, comment m'as-tu trouvé en avocat ?

— Très convainquant, patron. Pourquoi attendons-nous, déjà ?

— J'avais envie de fumer avant d'explorer cette prometteuse maison. Pas toi ?

— Je ne fume pas, patron… Vous devez le savoir depuis les années, répondit-il, prenant appui sur le mur situé derrière lui.

— Tu as tort… ou peut-être raison mon ami, mais il faut toujours s'évertuer à profiter des petits plaisirs de la vie. Comme dirait le poète, 'Et pourtant… et pourtant, ces Christs, qui meurent sur les barricades, Dieu sait si je suis avec eux sur certains points.' déclama-t-il, avec passion.

— Mais… Patron, je ne comprends pas ce que ça a voir avec notre affaire…

Une voiture traversa la ruelle, faisant un bruit de malheur, et crachant une épaisse fumée noire derrière elle. Le quartier était éloigné du centre de la ville, et nombre de travailleurs vaquaient à leurs occupations. Personne ne prêta attention aux deux hommes qui crochetèrent le portillon et se dirigèrent vers une maison de taille modeste, abandonnée depuis longtemps. Le gentleman-cambrioleur reconnaissait qu'il s'agissait d'une des nombreuses propriétés dont les gens de son métier se servaient s'ils avaient besoin d'une adresse rapidement, ou d'un lieu pour cacher le résultat de quelques vols. Généralement loué par des professionnels qui préféreraient fermer les yeux sur leur utilisation, il était simple d'en déduire que la femme qui avait tissé ce mystère connaissait les ficelles du milieu et souhaitait rester cachée pour l'instant.

Constantin suivit son patron jusqu'à la bâtisse, où à sa grande surprise, la porte n'était pas verrouillée. Ils entrèrent dans un étroit vestibule qui s'ouvrait sur une cuisine vide à l'exception d'une bouteille de vin d'un cru prestigieux et d'une fleur séchée. Des restes de bougies étaient étalés ci et là, tâchant les épais meubles de bois en différents points.

— Qu'est-ce que ça signifie, patron ?
— Une invitation.

Lupin observa l'étiquette de la bouteille, usée par les années. C'était comme si… Une romance avait été stoppée en pleine éclosion, telle cette fleur qui n'avait pas terminé son existence, se figeant dans le temps. On ne l'avait pas autorisée à se flétrir et à perdre de sa beauté, l'obligeant à se contorsionner dans une mélancolie.

Quittant la pièce, ils se dirigèrent vers les escaliers qui craquaient sous chacun de leurs pas. De part et d'autre des murs, des tableaux de piètres valeurs étaient accrochés, tous représentant des paysages côtiers. Des falaises, des plages balayées par l'ardeur des vagues, sous des cieux qui semblaient être absorbés dans l'horizon. Disparaissant dans l'aube d'un futur incertain.

La porte de la chambre était entrouverte, et elle exprimait une impression identique de requête que le gentleman-cambrioleur avait ressentie avec la mise en scène dans la cuisine. Une demande, non, une offrande même. Cette maison était un autel, recevant et honorant des souvenirs.

Un miroir surplombait le couloir, reflétant les deux hommes. Sur une cheminée scellée, une pipe en nacre avait été déposée. Lupin s'en saisit, l'observa quelques secondes avant de la rendre à son emplacement. Elle était gravée avec grand soin, représentant quatre Heures.

Eiar, Theros, Phthinoporon et évidemment, Cheimon.

Les quatre demoiselles vieillissaient progressivement, chacune étant à la fois le futur et le passé de l'autre, faisant écho à l'existence elle-même.

— Patron ? appela Constantin en se saisissant de l'objet délicat. Puis-je la garder ? Je la trouve très belle

— Je pensais que tu ne fumais pas, mon cher ami, répliqua Arsène avec humour.

— Non, c'est vrai, mais…

— Allez, va. Ne t'en fais pas, je te l'offre. Reste ici, ordonna-t-il, sachant que le jeune homme ne protesterait pas tandis que son patron se dirigeait vers la chambre, glissant dans l'ouverture d'où il apercevait la fin d'un lit et d'épais draps qui ne demandaient qu'à être réchauffés.

Il y avait un effluve qui s'élevait dans l'air, stagnant comme une malédiction, étouffant. Un parfum de femme, que Lupin ne pouvait identifier tant il était lointain et vague, se jouant de ses sensations. Un souvenir s'ouvrit à lui, mais ce n'était rien de plus qu'une impression qui lui saisit la poitrine. Le désespoir d'un ruban de fumée qui s'envole et que nous ne pouvons nous approprier avant qu'il ne s'efface totalement dans l'air. Il n'y avait plus aucun doute, il connaissait la femme qui était à l'origine de ce mystère, mais son esprit se refusait à lui donner plus d'informations.

La chambre était une pièce étroite, avec une grande fenêtre qui offrait la seule lumière disponible, se jetant aux pieds du visiteur, éclairant dans son passage un bureau de bois qui lui faisait face.

Alanguie sur la surface comme une femme s'abandonnant pour un peintre, oublié par un fantôme amusé, un unique gant de dentelle, légèrement rosé l'incita à avancer. Déposé ici comme un défi. S'alléguant comme une bravade.

Mais au second pas, Arsène se souvint. Il savait qui était cette mystérieuse femme.

Une fine pluie s'abattait sur le toit depuis quelques heures. Un jeune homme d'allure plutôt dynamique s'était abrité sous un porche de pierre. Les volutes de fumée émanant de sa cigarette s'élevaient vers les fenêtres qui crevaient les murs de la demeure. Il s'agissait d'un cottage, situé dans la banlieue de Grenoble, qui surplombait un jardin d'un style désuet.

Son regard naviguait sur les allées et les grands vases sculptés, où des fleurs asséchées par le soleil de l'été passé peinaient à survivre. Un oiseau cessa son voyage, pour espérer de meilleurs cieux dans les branches d'un arbre, bientôt suivi par un compagnon d'infortune. L'homme attendait, tandis que sa cigarette finissait de se consumer entre ses lèvres légèrement pâles, la faute au froid qui le mordait. L'automne effaçait rapidement les délices que l'été avait fait revivre, et un hiver féroce s'annonçait, avec ses dents de glaces. Le bruit de l'allumette, la première braise, et une autre cigarette pour le réchauffer un peu. Combien de minutes s'étaient passées depuis que la femme avait déverrouillé la porte de cette maison de famille, l'ayant prié de l'attendre à l'extérieur ? Il n'avait pas vérifié sa montre à gousset, mais il sentait qu'une heure au moins avait glissé entre ses doigts gantés. Cependant, la sensation du baiser enflammée qu'elle lui avait dérobé avant d'entrer ne le quittait pas. Elle restait en lui, comme une douleur fantôme, une magie recherchant son propriétaire à travers l'histoire.

Le destin avait été capricieux, causant leur rencontre dans un casino de la côte. Les lumières, ornant les plafonds, figées en pluie de cristaux, s'évertuaient à renforcer le rouge mat des fauteuils en feutre. Les murs étaient épais, pour isoler les joueurs du reste du monde, autant que pour stopper le temps aux portes. De la marqueterie sur les tables où l'on pariait une fortune sur une couleur.

Lorsqu'il avait aperçu cette délicieuse femme, et surtout la précieuse bague marquise qui ornait son doigt délicat, il sut qu'il devait les obtenir. Pour lui, il voulait posséder les deux bijoux, la femme et la bague.

Elle arriva à la même conclusion, lorsque ses yeux, comparables à deux charbons incandescents croisèrent les fers avec ceux de cet élégant individu de vingt ans son cadet. Elle fut immédiatement attirée par la montre à gousset incrustée de quatre charmantes pierres précieuses que ce bel inconnu possédait.

Alors vint le duel mené par leurs pupilles, les timides fuites de regard afin de ne pas susciter la méfiance de l'autre. Ce fut elle qui parla en premier, surprenant l'homme agréablement en l'invitant à sa table de jeu. Mais le premier baiser, ce fut lui qui le déposa sur sa main avec élégance, et qui, par un subtil mouvement et un talent unique, lui déroba la bague qui ornait la magnifique paire de gants dentelée, légèrement rosée, dont elle était vêtue.

Il ne s'aperçut qu'il avait été dépossédé de sa montre que deux heures plus tard, tranquillement allongé dans sa chambre d'hôtel en souhaitant vérifier l'heure sur cette dernière. Il ne pouvait accepter d'avoir été dupé de cette façon.

Avec une volonté féroce, il tenta de la retrouver. Il refusait de se laisser berner et de perdre, pour la montre à gousset certes, mais surtout en priorité, pour son honneur. Avec conviction, il se mit à la tâche, l'apercevant finalement dans un autre casino, où elle était accompagnée d'un homme. Qui était-il ? Peut-être son mari ? En s'approchant discrètement afin de les écouter parler, il entendit lors d'une discussion entre la jolie dame et une amie qui passait à proximité que l'homme en question était son fiancé. La conversation fut brève, mais elle prit le temps de préciser qu'il détenait des titres de propriété. Il était évident qu'elle voulait s'approprier ces biens, comme elle s'était emparée de la montre à gousset.

Par un hasard, et surtout par une distraction organisée par le jeune homme, il parvint à faire s'en aller le fiancé, individu d'un abord grossier et prétentieux, qui ne méritait même pas d'être regardé par cette usurpatrice. Il profita de la mise en œuvre de son stratagème pour aller s'installer à la table. Elle prétexta être offusquée par cette désinvolture :

— Comment pouvez-vous, Monsieur, vous asseoir à mes côtés ? Je ne vous ai pas convié.

— Vous possédez un objet qui m'appartient, me semble-t-il.

— Ce serait un comble que vous réclamiez votre montre après m'avoir si sournoisement enlevé ma bague.

— Si ma mémoire ne fait pas défaut, le dos est composé d'un rubis, d'un saphir, d'une émeraude et d'une citrine, énonça-t-il, amusé par la répartie de la dame, mais ne se laissant pas déstabiliser.

— Cependant, nous savons tous deux qu'à la revente, mes pierres valent mieux que les vôtres. Deux diamants, plutôt bien taillés, ainsi qu'une perle au centre de la bague, répondit-elle, avec un air désintéressé.

— Certes, mais seulement si vous souhaitez les négocier à l'unité. Un procédé moins dangereux, toutefois, mais ce serait une honte de retirer à ce superbe travail de joaillier des pierres d'une telle beauté. Car ensemble, elles forment…

— Les quatre saisons qui composent une année solaire. J'ai déjà vu ce modèle.

— Cela m'étonnerait étant donné que j'ai fait façonner cette montre unique auprès d'un fabuleux bijoutier suisse, lui rétorqua-t-il.

Le petit sourire narquois qu'elle lui offrit, accentuait quelques rides de son visage tout en lui révélant l'essentiel qui importait à ses yeux en l'instant présent. Il lui plaisait. Alors, il s'évertua à montrer toute sa verve, son esprit, à raconter des contes qui étaient trop extraordinaires pour être totalement du domaine de l'imaginaire.

Et lorsque l'aube les réveilla, tous les deux dans la chambre du jeune homme après qu'il eut récupéré son bien, ils savaient qu'ils se devaient de s'associer. Les titres du prétendu fiancé, le grossier prétendant du casino, se trouvaient placés en lieu sûr dans une banque. Connaissant le directeur, il l'avait prévenu de n'autoriser aucun de ses employés à ouvrir le coffre sans sa présence, qu'aucune procuration ne serait en mesure d'y accéder. Seul lui-même était habilité en présence d'un récépissé, qu'il présenterait au directeur en échange de la clé.

Elle pouvait facilement se procurer le reçu en question, mais il lui était impossible de se faire passer pour cet homme, directeur de presse corrompu, légèrement maître chanteur sur les bords, et d'une inépuisable arrogance. Elle avait réfléchi, des heures, des jours durant sans trouver une solution. Désormais, elle n'était plus seule et la réputation du cambrioleur endormi dans ses bras le précédait.

Il deviendrait le fiancé. Il récupérait les bons du Trésor, et ensemble, ils prendraient le premier train pour l'Allemagne, afin de s'offrir quelques vacances.

Les souvenirs de sa rencontre avec la femme se dérobèrent sous ses yeux, tandis que sa cigarette finissait une nouvelle fois de se consumer. Ces souvenirs l'avaient guidé jusque sous le porche de cette demeure.

Elle l'avait prévenu qu'elle avait besoin de prendre quelques affaires avant de s'en aller, mais si elle ne se dépêchait pas, le train allait quitter la gare sans eux. Il n'y aurait pas de repos sur les collines allemandes, de petits restaurants pittoresques où l'on vous connaît par votre nom, ou celui que vous daignez présenter au monde.

Et puis, soudainement, comme un éclair qui s'abattrait sur la terre sèche, sans orage pour signaler l'intempérie, il comprit son erreur. C'était elle qui tenait le sac de cuir noir, contenant les titres.

La porte était déverrouillée, alors il s'élança. La maison était vide, poussiéreuse. Elle n'appartenait à personne. Courant à travers les escaliers, saisi par un doute terrible, il ouvrit en grand l'unique chambre de l'étage. La fenêtre était entrebâillée sur l'arrière du jardin, d'où il n'aurait pas pu la voir s'enfuir. Car c'était exactement ce qu'elle avait accompli. Elle s'était servie de lui, afin d'obtenir ce qu'elle ne pouvait avoir autrement, et elle n'avait rien dédaigné laisser derrière elle.

Comme un fantôme, elle s'était évaporée, sans mots pour justifier son acte, sans même lui demander pardon. Elle ne s'était destituée que d'un unique gant de dentelle, posé sur le rebord de la fenêtre. Similaire à ceux qu'elle portait le soir de leur rencontre, dans un casino sur la côte.

Il s'en saisit avec grand soin, et le regarda. Ses yeux cherchaient à comprendre la poésie du geste, mais le ressentiment l'aveugla quelques minutes. L'abus de confiance, l'amertume de la trahison lui traversa l'esprit. Ses doigts s'accrochèrent au gant, comme si le bout de tissu se moquait également de lui. Et puis, ses phalanges se relaxèrent, et une doucereuse mélancolie noya son cœur. Elle s'était enfuie, et il ne l'aimait que plus encore.

Ses lèvres frissonnaient de leur dernier baiser, une douleur fantôme, un lointain picotement, une promesse inachevée.

— Quel imbécile tu fais, mon pauvre Arsène, se sermonna-t-il tout seul.

L'inspecteur Roger Guerchard était un exemple de probité et de détermination. Après avoir passé tant d'années à s'essayer à la capture du gentleman-cambrioleur, et à avoir échoué dans sa quête, il était finalement parvenu à l'arrêter. Il ne se rendait que rarement dans les cafés, mais ses collègues avaient organisé une surprise pour fêter l'évènement. Cependant, en voyant leurs sourires en coin et en entendant leurs chuchotements, il en avait déduit que ses camarades ne croyaient pas réellement en cette arrestation. Qu'importait la reconnaissance de ses pairs, car il était parvenu à l'aboutissement de ce rêve qui le hantait nuit et jour depuis des années. Même son épouse Honorine ressentait de l'amertume envers lui depuis la capture, considérant certainement qu'Arsène Lupin ne méritait pas d'être emprisonné, tenant plus de la légende d'un gentleman que d'un homme dénué d'honnêteté.

Moqué par ses collègues, ignoré par son épouse, Guerchard aurait presque été attristé de cette victoire acerbe si son égo ne le rassurait pas. Il avait réussi ! Il restait fier de son résultat malgré les regards douteux de son entourage.

Il savourait ce premier matin de trêve, et il prit son temps pour s'apprêter, car son supérieur lui avait accordé quelques jours de repos. Décidant de se vêtir de son costume le plus confortable, et après avoir lissé sa moustache, il souhaita embrasser son épouse, qui détourna la tête silencieusement. Avec un soupir ennuyé, il allait quitter son domicile afin d'acheter les journaux lorsque quelqu'un frappa à la porte. Il ouvrit, et un homme d'âge moyen au visage bougon lui tendit une feuille.

— Qu'est-ce donc ? demanda Guerchard.

— Ah, ça, moi je n'en sais rien, Monsieur. J'ai une commande à vous faire parvenir, c'est tout, répondit l'employé avec un fort accent rural.

— Je n'attends rien.

— Veuillez bien signer et m'accompagner Monsieur, la livraison est devant chez vous.

L'inspecteur ne comprenant pas, apposa tout de même son nom sur le registre afin de ne pas causer d'ennuis au livreur, et suivit l'homme jusqu'à l'extérieur.

— Où est donc ce paquet ? questionna Guerchard tout en scrutant la rue. Je ne vois pas le colis dont vous me parlez.

— Il ne s'agit pas d'un colis, Monsieur. Regardez, il s'agit de cette automobile, annonça le livreur en désignant une voiture, garée un peu plus loin.

— Je ne comprends pas, je n'ai pas acheté de véhicule ! s'exclama l'inspecteur en réponse.

— Ah, ça. Moi, Monsieur, je ne fais que mon travail. Si la livraison ne vous convient pas, contactez mes supérieurs, mais ce n'est absolument pas de mon domaine. Ce n'est pas moi qui passe les commandes. On me dit de livrer, et moi, je livre.

— Êtes-vous sûr... catégoriquement, sans aucun doute possible, certain que cela m'est destiné ? demanda-t-il avec un choc non dissimulé dans son intonation.

— Tout à fait. C'est de la part de Monsieur André Laval, il vous l'offre. Il m'a également chargé de vous remettre ce pli. À présent, Monsieur, j'ai d'autres clients à voir. Passez une bonne journée.

Guerchard resta stupéfait, il en oublia même de saluer l'employé qui s'en allait en direction d'un véhicule qui l'attendait. Un collègue, sans doute afin de le ramener, car après la livraison il fallait bien retourner au travail. L'inspecteur s'approcha lentement de l'automobile qui était sienne. Ses pas étaient silencieux, comme si le bruit pouvait la faire disparaître ou s'enfuir tel un animal effrayé. Il n'osait croire qu'un cadeau aussi dispendieux puisse être réel.

Il s'agissait d'une voiture si luxueuse qu'il en laissa échapper un soupir. Une Donnet Zedel modèle C-16 pour être exact, récemment lavée et qui brillait de l'éclat des opportunités nouvelles. Le blanc écru de la carrosserie faisait ressortir les ailes avant de couleur noire et les phares dorés rendaient le véhicule particulièrement élégant. Les sièges de cuir semblaient extrêmement confortables, ce qui rajoutait à leurs beautés. Il ouvrit la portière et s'installa quelques instants du côté chauffeur, tenant le volant avec ses deux mains, et s'imaginant la fierté qui l'envahirait en conduisant un tel véhicule. Il se demandait si tout cela était bien réel. Peut-être était-ce une erreur ? Quelqu'un se serait-il trompé de destinataire, ou bien, une nouvelle forme d'escroquerie, très élaborée, jouant sur de vagues lois et des contrats complexes.

Pris dans sa stupéfaction il n'avait pas regardé l'enveloppe. Il se mit à vérifier le délicat papier, et il était effectivement stipulé sur le bon de livraison : *'Roger Guerchard'*.

Ça lui était destiné. C'était une situation incroyable et cependant réelle. Cette merveilleuse Donnet Zedel lui appartenait désormais.

Le nom du bienfaiteur était également mentionné : *'André Laval'*.

Cet homme devait posséder un goût exquis pour choisir un si charmant modèle, ainsi que des finances heureuses pour se permettre d'acquérir une telle automobile. Seule une bonne et généreuse âme pouvait lui avoir fait ce don. Guerchard osait s'imaginer un admirateur aisé, un citoyen désireux de remercier le policier pour son travail acharné dans ses enquêtes, souhaitant lui offrir une récompense pour sa bravoure et sa détermination au fil des années.

Il sortit de la voiture, prenant soin de bien fermer la portière afin que nul ne puisse salir sa propriété, et il rentra chez lui.

— Honorine ! Honorine !

Il appela son épouse qui était en train de ranger sa collection de statuettes de chats. De toutes les tailles et de toutes les matières, il s'agissait de la passion de sa vie, sa façon à elle de s'évader hors du quotidien. Du Persan endormi dans son panier d'osier, aux chatons Siamois qui s'amusaient entre eux, il y avait diverses sortes de ces bibelots exposés sur les étagères du salon, ainsi que sur les guéridons, sans oublier le buffet. Cela demandait beaucoup de prudence à l'inspecteur pour se déplacer chez lui, afin de ne rien endommager accidentellement, car si par inattention, il avait brisé une figurine, Honorine lui aurait une scène de ménage.

— Qu'est-ce qu'il y a encore ? répondit-elle sans lâcher du regard sa collection.

Guerchard sentait à sa voix qu'il ne fallait pas la déranger pour un motif anodin, mais là il s'agissait d'une raison d'une grande importance :

— Je te demande de m'écouter attentivement, Honorine. Tu ne vas pas me croire. On vient de me livrer une voiture !

— N'es-tu donc pas devenu fou, Roger ? S'offrir un véhicule ? Tu vas nous mener à la ruine ! protesta-t-elle, soudainement catastrophée à la pensée que leurs finances ne leur permettaient pas une telle acquisition.

— Non, évidemment que non, ce n'est pas un achat. C'est un cadeau, d'un certain André Laval. Un admirateur de mon travail, qui souhaite me féliciter d'avoir arrêté ce cambrioleur de Lupin. Ah, ça, heureusement qu'il y a d'honnêtes citoyens de nos jours ! Tout le monde n'est pas aussi déçu que toi qu'il soit finalement hors d'état de nuire. Cette généreuse âme m'a même fait apporter un pli, je ne l'ai pas encore ouvert, je n'ai regardé que le bon de livraison. Honorine, je te laisse le lire en priorité. Je suis sûr qu'il vante mes exploits de policiers, dit-il, enorgueilli par cette idée.

— D'accord, d'accord, Roger, mais avant tout, je veux pouvoir la regarder, demanda-t-elle en fronçant les sourcils. Si c'est une mauvaise plaisanterie…

— Je te promets que c'est réel, je ne t'aurais pas dérangé autrement.

— C'est vrai, tu n'aurais pas l'imagination nécessaire pour inventer une telle histoire, répliqua-t-elle avec une pointe de sarcasme. Dépêche-toi, montre-moi cette voiture, insista-t-elle.

— Avec plaisir Honorine ! Allons-y dès maintenant ! Il déposa le pli sur un guéridon, en équilibre sous les pattes d'un chat en verre.

Tandis que Roger pensait que son épouse souhaitait voir le véhicule afin d'assouvir une curiosité, ou une joie d'apprendre qu'une telle propriété était entrée dans le foyer, cette dernière était inquiète que son mari eût menti et que ce fût un achat inconsidéré, ou bien un piège, ou même une folie de quelque sorte. Après tout, les gens n'offraient pas de voitures aux policiers.

De ce pas, ils se rendirent à l'extérieur. Guerchard eut l'appréhension instinctive que le véhicule ne se trouverait plus là où il avait été garé. Il n'y avait aucune raison pour qu'il disparaisse, mais les doutes de son épouse lui faisaient craindre d'avoir commis une erreur.

Mais il fut rassuré par l'émerveillement d'Honorine, causé par cette voiture qui semblait tellement luxueuse, dès que son regard frôla la carrosserie éclatante.

— Roger, c'est absolument… Vrai. C'est réel.

— Bien sûr ! Je ne te mentirais pas, répondit-il avec un soulagement dans sa voix que l'on pouvait déceler. De plus, tu l'as dit, je n'ai aucune imagination pour inventer des fariboles. Veux-tu, ma chère épouse, t'asseoir à l'intérieur ? Tu apprécieras le confort de ces superbes sièges en cuir.

Elle accepta avec joie, et s'installa sans hésiter côté conducteur à la grande surprise de son mari. Après un instant de silence, elle s'exclama :

— Ça t'étonne, Roger ? Que fais-tu donc de l'égalité des sexes ?

L'air confus, Guerchard ne dit mot, il enchaîna en bafouillant tout en changeant de sujet.

— Euh, c'est que… Euh, que penses-tu de la voiture, Honorine ?

— C'est un très beau véhicule. Mais reprenons nos esprits, Roger. Rentrons et allons lire le pli afin de clarifier cette situation, décida-t-elle après une poignée de secondes, ne souhaitant pas perdre sa lucidité à cause d'un trop grand emballement.

Guerchard ne pouvait pas s'empêcher de se retourner avant de regagner leur domicile, afin d'admirer le véhicule. Il était magnifique, élégant, majestueux, il s'agissait vraiment d'un très beau modèle. La personne qui l'avait acheté devait être homme subtil, et d'une grande classe. Et désormais, elle appartenait à un autre gentilhomme, qui méritait de conduire une telle merveille. Il pouvait s'imaginer, amenant son épouse pour des balades hors de la ville, sur des chemins boisés. Ses collègues, tous ceux qui s'étaient moqués de son exploit devraient le jalouser de cette dernière acquisition. L'inspecteur se voyait bien venir se pavaner devant le commissariat.

Rentré dans leur appartement, Roger tendit le pli à Honorine avec un sourire fier.

— Ma tendre épouse, je te laisse la primeur de découvrir le message de mon admirateur, annonça-t-il avant de se diriger vers la fenêtre afin de ne surveiller que personne ne s'approche de trop près de sa Donnet Zedel.

Honorine décacheta le pli et se mit à le lire. Ses yeux se mouvèrent rapidement sur la feuille, galopant sur les lignes.

— Roger. Viens ici, appela-t-elle, contenant à peine toute la tension dans sa voix.

L'inspecteur soupira, mais obéit malgré tout, bougonnant comme si elle lui gâchait son plaisir. Il connaissait cette intonation, et il savait que ce qu'elle s'apprêtait à dire allait le contrarier.

— Quoi encore ?

— Tu devrais venir voir. Crois-moi.

Guerchard prit la lettre et commença la lecture. Toutes les teintes traversèrent son visage en quelques secondes, et ses lèvres frissonnèrent sous le poids des mots qu'il se refusait à prononcer. Honorine récupéra le pli et lui fit la lecture à haute voix :

"À mon cher petit Roger,

Je tenais à te féliciter personnellement d'avoir procédé à l'arrestation d'Arsène Lupin, je t'offre donc cette très belle Donnet Zedel modèle C-16.

Grâce à toi, les rues de notre jolie France sont beaucoup plus sécurisées. Les bourgeois peuvent dormir sur leurs oreillers tranquillement depuis que ce gentleman-cambrioleur de Lupin séjourne en prison ! Un gouailleur de moins, c'est du conformisme en plus, et cette perspective doit plaire énormément à tes supérieurs.

Il te viendra sûrement l'envie de te débarrasser de cette voiture quand tu découvriras que c'est moi qui te l'ai fait livrer. Je te le déconseille, car le certificat est déjà à ton nom, ainsi que tous les frais qui y sont liés. N'y vois aucune malice de ma part, mais cela me peine beaucoup de contempler notre chère police à pied. Peut-être auras-tu une chance de m'attraper grâce aux pointes exceptionnelles à 100 km/h de ce véhicule unique ?

N'y compte pas trop, même si j'avais les jambes liées, sache que tu parviendrais à échouer.

Auras-tu la délicatesse de transmettre à ton épouse mes pensées les plus dévouées, ainsi que de la prévenir qu'elle recevra d'ici peu un présent ?

Je crains qu'il ne me fût impossible de faire coïncider les deux livraisons, mais elle mérite d'égales félicitations pour son soutien. Pas l'ombre d'un instant elle n'a cru que tu m'avais arrêté mon petit Roger, et il est merveilleux d'être l'hôte d'une si belle foi !

Un bouquet de fleurs arrivera dans les jours qui suivent, ainsi qu'une sculpture féline réalisée par un artiste belge très talentueux. Jean Gaspar ne pouvait pas refuser d'élaborer ce modèle unique pour moi, destinée à l'extraordinaire Honorine. Je te félicite une fois encore pour ta réussite. Avoir arrêté

Arsène Lupin, ce qui n'est pas une mince affaire. Tu peux être fier de toi.

Avec les sentiments de mon amitié sincère.

Arsène Lupin,
gentleman-cambrioleur"

— Alors là, je ne comprends plus rien, patron.

Constantin tenait compagnie à Arsène de retour à l'immeuble qu'ils partageaient, tandis que ce dernier faisait face à un miroir et observait son reflet afin de vérifier l'élégant nœud qui ornait son cou. Sur le mur était accroché un triptyque, représentant les Croisades. Certains auraient pu penser qu'il était un décor bien dispensable dans une chambre, cependant, le gentleman-cambrioleur aimait ce tableau et avait une affection toute particulière pour l'illustration énergique d'une vaillante bataille.

— Il ne faut pas rester sur des incertitudes. Dis-moi ce qui te tracasse, Constantin.

— Tout d'abord, pourquoi cette mise en scène ? Cet acteur qui prétend être vous, cette maisonnée… Tout cela pour vous avoir guidé vers une adresse laissée cousue dans le revers interne d'un gant. C'est incompréhensible.

— Mais je la comprends mon ami, et c'est ce qu'elle souhaite. On doit toujours soigner ses entrées et ses sorties, car c'est ce dont l'assistance se souvient à la fin du spectacle. De plus, nul n'aurait pu remarquer la signification de cet objet à part moi, se débarrassant ainsi d'adversaires potentiels.

— Signification que vous ne m'avez toujours pas expliquée, patron, dit-il avec une pointe de déception et d'amertume.

— Ah, je crains que ça ne reste un secret entre cette femme et moi. As-tu d'autres interrogations ?

— Une seule, patron. Qu'avez-vous fait de la Donnet Zedel depuis qu'on s'est rendu compte qu'elle avait de sérieuses avaries moteur ? L'avez-vous toujours chez le garagiste ?

Arsène eut un sourire mystérieux et ne révéla rien. Le jeune homme le connaissait suffisamment bien pour comprendre qu'il était inutile d'insister lorsque le patron ne voulait pas dévoiler ses secrets. Il savait qu'il resterait invariablement de nombreuses parties embrumées de sa vie et de son histoire que nul ne pourra percer à jour, même si parfois, Constantin le ressentait comme une source de frustration à laquelle il était obligé de se résigner, par la force des choses.

— J'ai fini de me préparer. Comment me trouves-tu en Jean Bermont ?

Il se saisit avec ses mains gantées d'un chapeau de feutre noir qu'il avait soigneusement déposé sur un confortable fauteuil. Le gentleman-cambrioleur avait l'air jeune, il avait parfaitement bien coiffé ses cheveux d'un brun sombre, et était vêtu d'un costume bleu de Prusse dont la coupe était à la dernière mode. Le dos droit, l'allure dynamique et noble, il appréciait cette identité qui s'approchait du jeune homme que la femme qui l'attendait avait connu. Il évoquait presque l'ombre de son passé, lors de leur rencontre sur la côte, ainsi qu'en ce jour fatidique où elle s'était enfuie. Des années le séparaient de ce souvenir, et pourtant, une mélancolie lui saisissait toujours le cœur.

— Vous êtes charmant, patron. Vous ressemblez à un coureur de dot. Êtes-vous certain que vous ne désirez pas que je vous accompagne au rendez-vous ? demanda-t-il, serviable, mais espérant que la réponse serait négative. Il avait déjà prévu de retrouver Thomas.

— Merci mon ami, mais cette affaire ne concerne que moi.

Et c'est ainsi que la Cadillac type 55 fut conduite par Jean Bermont jusqu'à sa destination. En tant que gentleman, il serait ponctuel et ne sonnerait qu'à l'heure indiquée, mais afin d'éviter un quelconque retard, il fallait qu'il arrive un peu en avance. C'est pour cette raison qu'il eut le loisir d'observer l'extérieur de la demeure. Grande, elle devait dater de quelques siècles déjà, mais les restaurations successives avaient été réalisées avec intelligence et goût. Cela ne dénaturait pas le style de l'époque, mais l'améliorait par différentes couches de modernités qui s'ajoutaient au fur et à mesure que les années passaient, tout en imprégnant diverses blessures du temps sur les briques. Une dernière restauration avait été accomplie récemment, au vu de la blancheur éclatante des pierres qui n'avaient pas encore été souillées par les intempéries. Une large allée menait à l'entrée, embrassée des deux côtés par des buissons aux baies rougissantes sous le soleil toujours présent en ce début de soirée. Lupin crut apercevoir un jardinier, mais l'ombre disparut avant qu'il ne puisse l'interpeller. Vérifiant sa montre à gousset, et caressant de son pouce ganté les quatre pierres symboliques, il décida qu'il était temps d'aller se saisir du heurtoir pour faire connaître sa présence.

Une femme avec des sourcils fournis et un regard qui le dévisageait avec méfiance lui ouvrit. Elle gardait une main contre la porte, prête à se barricader à l'intérieur de nouveau, à l'instant où le visiteur lui déplairait.

— C'est pourquoi ?

— J'ai rendez-vous avec… Il ne finit pas sa phrase, ne sachant pas sous quelle identité la femme se présentait désormais.

— Madame Garnié n'est pas là. Allez-vous-
en.

Elle allait refermer la porte lorsque Lupin
sortit de la poche intérieure de sa veste une
paire de gants. La servante regarda les gants un
instant, s'essuya les mains sur son tablier, et se
décala afin de laisser entrer le visiteur.

— Madame Garnié vous attend au sous-sol.
Veuillez traverser le couloir et prendre les
escaliers se trouvant face à vous.

Sans rien dire de plus, elle verrouilla la porte
avec un regard suspicieux, et retourna dans la
cuisine, laissant l'homme se rendre à l'endroit
indiqué. Le chemin menant à la cave était
évident, il s'agissait simplement de suivre les
instructions.

Une bougie ainsi qu'une allumette était
abandonnée sur une table proche et Arsène
s'en saisit. Tout semblait comme un piège qui
se refermait autour de lui, mais il y avait trop
de souvenirs dans cette chasse au trésor pour
qu'elle lui veuille du mal. Non, elle souhaitait
juste qu'il se remémore, au travers de ces

indices. Elle s'amusait de savoir si le gentleman irait jusqu'au bout de l'énigme.

Il sourit, en marchant dans ces étroits escaliers qui le guidèrent jusqu'à une entrée seulement fermée par un épais rideau de velours. Soulevant le tissu, il pénétra dans cette pièce qui était tellement froide qu'il se figea un instant. Il s'agissait certainement d'une ancienne cave à vin, mais elle avait été transformée en caverne d'Ali Baba. Des tableaux couvraient les murs, des tapisseries remontant jusqu'au quatorzième siècle. Des meubles de très belles qualités qui semblaient valoir plus cher que la bâtisse elle-même. De nombreuses statuettes, certainement d'un prix inestimable étaient posées sur le mobilier. Il s'agissait sûrement de butins, Arsène reconnut en l'endroit le même type de réserve qu'il possédait lui-même. Des hangars, des immeubles qui servaient principalement à stocker ce qui pouvait l'être en attendant de trouver un acheteur à un montant convenable.

Au bout de la pièce, il y avait une chaise d'apparat au velours rouge et aux pieds gravés.

Assisse sur le siège, trônant telle une reine dans ce décor imaginaire, la femme qui avait inventé ce jeu de piste. Elle le regardait, ne le quittant pas des yeux tandis qu'il avançait lentement, s'approchant sans songer un instant à s'enfuir. Il vivait cette aventure pleinement, sans la retenue que la prudence exigeait.

— Tu n'as pas perdu ta ponctualité, lui dit-elle. Sa voix n'avait pas changé, elle gardait la même intonation, cette façon de parler qui met le doute entre ironie ou vérité, amour vrai et faux semblant.

Il se souvenait d'une femme aux cheveux d'un noir ébène, et au teint de pêche, mais il vit à sa place une déesse couronnée d'argent, aux yeux toujours aussi envoûtants. Il devinait les battements de son cœur sous son corsage. Arsène se mit à ses genoux.

Léontine Garnié sourit, à peine surprise par sa réaction.

— Vous avez tellement changé. Vous étiez d'une si extraordinaire beauté, et permettez-moi de vous dire que le temps vous a épargné. Vous êtes devenue plus belle encore grâce à lui, en réalité… Il a dû vous prendre en affection, avoua-t-il dans un souffle, et son expression montrait qu'il le disait avec une grande sincérité, murmurant les mots que ses émotions dictaient.

— Toujours aussi ravissant, Arsène. Tu es resté… Tellement le même, répondit-elle avec un plissement de son front, cherchant en l'homme les marques du temps passé, et les traits de son apparence qu'elle avait tant aimée. Bien que je ne te reconnaisse pas dans ce personnage. Mais il est vrai que tu ne m'as pas présenté tous tes visages.

— Autorisez-moi à vous prouver qui je suis, alors.

Arsène lui montra les deux gants qu'il tenait, et cette fois, elle fut réellement surprise.

— Je n'arrive pas à le croire. Tu as gardé l'autre durant toutes ces années.

Léontine tendit ses deux mains afin que le visiteur glisse sur ses doigts fins la paire de gants en dentelle qui lui appartenait. Il les lui restituait seulement avec quelques années de retard.

— Si vous m'avez contacté maintenant, c'est pour une raison particulière.

Bermont alluma une cigarette, Léontine s'en saisit, aspirant avec délicatesse tout en laissant s'échapper un infime nuage gris clair, qui s'évaporait dans l'horizon, rejoignant les cumulus qui planaient sur eux. Ils se trouvaient tous les deux dans un charmant jardin, assis sur une chaise longue en osier, près d'un arbre au tronc large et à l'écorce épaisse. Un mélèze magnifique, qui s'élevait dans le ciel comme un phare. Sauf qu'il ne guidait pas jusqu'au continent, mais plutôt vers un petit îlot de joies charmantes, et de promesses avouées dans le creux de l'épiderme.

— J'avais terriblement envie de te revoir, murmura-t-elle, lui rendant la cigarette avec un sourire.

— Après toutes ces années, et tous ces efforts, je doute que ce soit simplement pour que je vous rende visite. Surtout que l'homme que vous avez engagé, Monsieur Boyer, a annoncé qu'il s'agissait d'une affaire importante.

— Certes, il y aurait probablement une toute petite aventure qui pourrait t'intéresser, avoua-t-elle, nonchalamment.

— De quelle sorte ? demanda-t-il, tout en servant une coupe de champagne à Léontine, avant de reposer la bouteille dans son seau de glace. Il était à température idéale, et grâce à l'arbre qui offrait son ombre, le couple était protégé de la chaleur.

— De la sorte qu'uniquement un aventurier comme toi ou une légende pourrait entreprendre. Il s'agit d'une mission que tu es le seul à être en mesure de réussir.

— J'ose espérer que vous me placez dans les deux catégories, répondit-il amusé, avant d'ajouter : Dites-m'en plus.

Un nom suffit, dicté en une respiration froide, se brisant sur la dernière syllabe comme si ce secret disparaîtrait, s'enfuirait à la moindre erreur de sa part. Mais en écho silencieux au mot, les yeux d'Arsène brillèrent d'une nouvelle lueur, d'un intérêt brûlant.

— Le Florentin.

Et c'est ainsi que Léontine Garnié commença le récit des évènements qui l'amenèrent à la découverte fabuleuse qui l'avait poussé à contacter le gentleman-cambrioleur.

Menant ses affaires professionnelles, de rencontre en rencontre, elle avait croisé la route de l'industriel Steffen Metzger qui ne put s'empêcher d'exprimer son arrogance auprès de la délicieuse dame. Elle désirait initialement lui dérober un brevet, qui s'avéra être un mensonge pour effrayer la concurrence. Mais elle découvrit un secret étonnant en sa place.

Le Florentin était un diamant de mythe, dont l'histoire était digne des meilleurs romans. La pierre, de couleur jaune citron et possédant 126 facettes avait disparu depuis de nombreuses années. Taillés pour Charles Le Téméraire, perdus sur-le-champ de bataille, les 137,27 carats furent vendus à un prêtre pour 1 florin tandis que l'individu qui avait trouvé le fameux diamant pensa qu'il s'agissait d'un morceau de verre. Il voyagea, s'assit sur une tiare de Pape, rejoignit un trésor impérial, avait appartenu à Marie-Thérèse d'Autriche ainsi qu'à Marie-Antoinette, monté en collier pour l'impératrice Sissi, ce morceau de pierre avait entendu grand nombre des secrets de la politique européenne. De propriétaires en disparitions, de petites aventures en grandes légendes, il avait été perdu il y avait des années de cela.

L'industriel Metzger raconta à Léontine qu'il connaissait en partie l'emplacement de ce diamant mythique. Apparemment, son dernier voyage historique s'était déroulé en Suisse. Il fut déposé à une joaillerie pour y être restauré par l'intermédiaire du Baron Bruno Steiner de Valmont, qui disparut avec la pierre. La conclusion logique fut que ledit baron avait profité de cette opportunité pour s'envoler avec le diamant, le dérobant à son dernier propriétaire connu, l'empereur Charles Ier.

L'industriel Metzger avait une autre version à proposer à cette histoire. Le baron aurait été assassiné après avoir supervisé la restauration du joyau par un bandit de petite envergure qui aurait entendu des rumeurs concernant l'existence de cette pierre. Cependant, il fut incapable de revendre le diamant jaune, l'échangeant à un garde contre sa liberté, arrêté pour des forfaits de son passé.

Le garde ne comprit pas la valeur réelle du trésor, le déposa contre presque rien à un prêteur sur gages, qui fut à son tour cambriolé. Le voleur avait des dettes auprès de l'industriel Metzger et lui offrit le diamant en échange du remboursement.

Désormais, Léontine désirait le Florentin et souhaitait s'en emparer. Elle avait confirmation que Metzger possédait un coffre à la banque Schneider, particulièrement sécurisée et appréciée des riches bourgeois qui aspiraient à y cacher leurs objets de valeurs, pour que l'État ne vienne pas poser de questions.

— Pourquoi auriez-vous besoin de mon aide ? demanda Arsène.

— Nous ne pouvons pas cambrioler la banque, car le Florentin ne s'y trouve pas. Il a été entreposé ailleurs. Cependant, des documents dorment là-bas. Pour les récupérer, Metzger a requis au patron de ne prendre en compte sa demande et de lui remettre la clé que s'il pouvait lui fournir à la fois sa présence, et son code de coffre, coffre qui contient l'adresse où le diamant est caché. J'ai déjà obtenu le code, mais je ne peux décemment pas me faire passer pour lui.

— Il s'agirait donc d'un partenariat, où j'endosserais son identité. Cela me rappelle la précédente besogne que nous avions partagée. N'était-ce pas le même plan ? J'aime à croire que je ne cesse de me renouveler, annonça-t-il, amusé par la coïncidence.

— Certes, mais le patron connaît Metzger personnellement. Nul ne pourrait réussir dans cette entreprise sauf toi. Et le Florentin vaut bien que tu utilises de nouveau le plan que nous avions établi autrefois, Saisissant le bras du gentleman-cambrioleur, elle ajouta dans un murmure : Tu acceptes, n'est-ce pas ?

— Comment pourrais-je refuser ? Et sur ces mots, il l'embrassa.

— Faites entrer l'inspecteur Guerchard.

Ses doigts se resserrèrent comme des étaux autour de l'anse de la petite mallette de cuir de piètre qualité qui contenait les dossiers qu'il avait préparés pour l'entretien avec son supérieur, le directeur Eugène Leroy.

Assis dans un confortable fauteuil dont les motifs étaient surannés, fumant un épais cigare qui empestait dans toute la pièce, l'homme tentait d'affermir son autorité et d'impressionner. Il avait obtenu le poste seulement quelques semaines auparavant et ce qu'il ne pouvait offrir en expérience, il le doublait en dédain et en fausse assurance. Son prédécesseur avait préféré une quelconque place au ministère, alliant la sécurité de l'emploi et la garantie de pouvoir aller pêcher à n'importe quel moment de sa semaine.

— Monsieur Leroy, dit Guerchard avec un hochement de tête respectueux.

— Mais asseyez-vous donc, mon cher ! annonça-t-il en faisant un geste avec son cigare en direction d'une chaise en bois qui fit un horrible bruit lorsque Guerchard prit place.

— Pour quelle raison m'avez-vous fait quérir ici ?

— Ne me dites pas que vous ne le savez pas déjà, inspecteur.

Évidemment qu'il le savait. Quelle humiliation, quelle ignominie !

L'homme qu'il avait arrêté sous l'identité d'Arsène Lupin avait non seulement été libéré avec un alibi indiscutable, se trouvant à l'autre bout de la France lors des cambriolages les plus récents qui lui étaient attribués, mais le gentleman-cambrioleur avait répandu dans les journaux des félicitations officielles à la police pour cette magnifique capture.

— Ce fut une effroyable erreur…

— Ce fut une erreur qui mériterait de couronner la fin de votre carrière, menaça-t-il avec un irritant sourire. Cependant, je souhaite vous offrir une chance de vous faire pardonner pour avoir traîné dans la boue votre nom et celui de vos collègues.

— Monsieur…

— La banque Schneider, il poussa un dossier dense sur le bureau. Guerchard s'en saisit. Nous savons depuis des années qu'il s'agit d'une façade masquant un véritable commerce d'œuvres d'art volées et d'affaires crapuleuses de la pire espèce.

— Souhaitez-vous que je démantèle le réseau, Monsieur ?

— Absolument pas.

Cela jeta un froid sur la conversation. Guerchard se retint de répondre, inconfortable sur la chaise minuscule où ses jambes entraient à peine. Leroy prit une bouffée de son cigare, avant d'expliquer :

— Vous, mon cher Guerchard, vous vous occuperez d'une affaire encore plus importante.

— Qu'est-ce donc ?

— Une réquisition. Vous irez à cette banque, exigerez d'obtenir le contenu du coffre numéro

11284, et vous me remettrez la petite boîte noire qu'ils vous donneront. Sans l'ouvrir.

— Monsieur le directeur, la procédure ne permet pas… protesta-t-il.

— La procédure m'autorise à vous démettre de vos fonctions. Votre chère épouse ne souhaite pas se retrouver démunie, je suppose. Vivre dans la misère, perdre tous les avantages liés à votre statut actuel… Ce serait une catastrophe, une humiliation.

C'était immoral. Il s'agissait purement et simplement de vol, et Guerchard ne voulait pas s'abaisser à cette corruption. S'il ne s'agissait que de lui, que de sa carrière, il se serait levé et serait sorti du bureau sur-le-champ ! Mais il s'agissait également du confort de vie de son épouse Honorine, de l'estime qu'elle avait à son égard, et du respect qu'il lui devait. Il voulait qu'elle ne manque de rien. Quel genre de mari serait-il s'il ne pouvait pas subvenir à ses besoins essentiels ? Il ne souhaitait pas la richesse ni le luxe, mais vivre décemment n'était pas trop demander de la vie. Choisir le risque de récupérer une boîte qui, de plus ne le concernait pas, pourquoi pas ? Car si ce n'était lui qui s'y résignait, un autre policier s'en chargerait. Il avait tout à perdre à refuser. La décision lui était difficile à prendre, mais il se devait de l'accomplir.

— Alors, inspecteur Guerchard, acceptez-vous cette mission ? Dit Leroy, la menace évidente dans l'intonation de sa voix.

— J'accepte Monsieur, j'accepte.

Un individu bedonnant sortait de la banque Schneider. Son veston semblait trop court et extrêmement étriqué, on pouvait apercevoir deux boutons prêts à céder ne supportant plus la pression que le ventre exerçait sur eux. Son monocle se brisa au sol à l'instant où Guerchard le percuta.

— Faites attention ! dit l'inspecteur avec emportement.

— Veuillez m'excuser pour ma maladresse, Monsieur, répondit l'individu avec un accent prononcé avant de s'éloigner, claudiquant légèrement.

Guerchard secoua la tête. Depuis son rendez-vous avec Leroy, il était énervé, stressé, et les deux larges cernes sombres sous ses yeux prouvaient qu'il n'avait que peu dormi.

Cette irritabilité ternissait son regard, même sa chère Donnet Zedel, semblait avoir perdu de sa beauté.

La banque ressemblait plutôt à une épicerie de campagne que personne n'aurait visitée depuis des années, qu'à une tentaculaire entreprise crapuleuse. La pièce dans laquelle il entra, censée accueillir les clients potentiels, était minuscule, avec deux chaises poussiéreuses sur le côté gauche, et une porte lui faisant face qui semblait fermée. Un comptoir se trouvait sur sa droite, et des traces d'usure ornaient le bois, dessinant des motifs aléatoires. La seule décoration qui garnissait les lieux était un tableau accroché au mur et dont le vernis s'était écaillé, laissant apparaître les défauts de la toile.

— Y a-t-il quelqu'un ?

L'inspecteur s'approcha du comptoir, et frappa avec la paume de la main sur la surface rugueuse. Après quelques minutes d'un silence oppressant, il s'avança vers la porte afin de saisir la poignée pour y pénétrer. Son mouvement fut stoppé par une voix autoritaire qui annonça :

— Où essayez-vous d'aller, mon petit Monsieur ?

Guerchard se retrouva en face d'un homme qui faisait deux têtes de plus que lui, aux épaules larges et puissantes. On pouvait distinguer une profonde cicatrice sur sa joue gauche, et l'inspecteur sentit qu'annoncer qu'il faisait partie de la police ne serait pas un atout à cet instant.

— Je viens chercher le contenu d'un coffre.

— Je crains que vous n'ayez rien à faire ici. Voyez-vous, je n'oublie jamais un visage, et vous n'êtes clairement pas un client de ma banque, dit-il en se penchant vers Guerchard. Ce dernier ne bougeait pas, essayant de se contrôler espérant ne pas montrer son angoisse. Ses pensées désordonnées se focalisèrent sur Honorine qui était la véritable raison de sa venue en ce lieu. Échouer n'était pas une option, il ne fallait pas qu'il perde son travail.

— Je dois accéder au coffre numéro 11284, urgemment, annonça-t-il avec toute l'autorité et la confiance qu'il parvenait à réunir. Il m'appartient de l'ouvrir, son propriétaire m'en a donné l'ordre.

L'homme sembla perplexe durant quelques secondes, avant qu'il se mette à expliquer :

— Je ne comprends pas, mon client est déjà venu afin d'effectuer le retrait. Aujourd'hui même. Ça n'a aucun sens, mon petit Monsieur.

— Quel est son nom ? À quoi ressemblait-il ? C'est un usurpateur ! Je vous le répète, je suis ici afin de voir ce coffre ! Il est absolument nécessaire que je récupère son contenu ! s'exclama-t-il avec la force du désespoir.

Le silence devenait glacial, l'air ambiant semblait suffocant, acide. Des sensations incohérentes, la peur l'envahissait. Quelque chose n'allait clairement pas et Guerchard éprouvait ce sentiment de danger.

— Partez, ordonna l'homme, fronçant ses sourcils de façon très peu amicale.

Il était inutile de rester. Cela ne causerait que des ennuis supplémentaires, car il ne possédait pas de moyens légaux pour perquisitionner cet endroit. L'inspecteur se dirigeait vers la sortie lorsqu'il dit calmement :

— J'aperçois de la fumée sous la porte, regardez par vous-même.

L'homme semblait dubitatif, mais s'avança afin de vérifier si un incendie n'avait effectivement pas pris dans la réserve des coffres. Il entra, descendit les escaliers tout en songeant que ce serait catastrophique, et que ses clients seraient furieux si leurs biens étaient endommagés.

Guerchard se précipita, le tout était d'agir rapidement. Il poussa les deux chaises afin de bloquer la poignée de la porte, enfermant l'individu. Il savait qu'il n'obtiendrait que quelques minutes à peine avec ce stratagème, mais il les usa avec intelligence. Il chercha expéditivement dans les casiers du comptoir, tous vides à l'exception d'une poussière épaisse et de taches d'encre, jusqu'à ce qu'il découvre dans le dernier tiroir un dossier. Il n'eut pas le temps de lire le contenu, ni même de feuilleter le cahier que la voix tonitruante hurlait derrière la porte :

— Tu vas me le payer ! Tu me le paieras !

La brute frappait contre le bois, faisant trembler les chaises. Guerchard se dépêcha de s'emparer du dossier. Il sortit de la banque, haletant, serrant contre son torse l'épais cahier, et il partit sans se retourner.

Assis dans son fauteuil, l'inspecteur feuilletait anxieusement le cahier. S'il n'obtenait pas les informations qu'il recherchait, il devrait dire à son supérieur que l'opération avait été un échec. Levant le regard, il observa Honorine qui fit bouger de quelques centimètres la magnifique sculpture de chat qu'elle avait reçu de la part du gentleman-cambrioleur quelques jours auparavant. Il sentit la brûlure de la jalousie et le froid glacial de la déception. Il ne pouvait pas lui offrir de telles œuvres d'art, mais s'il se faisait licencier, il ne pourrait même plus lui fournir ce dont elle avait besoin. Décidément, il n'avait pas le choix. Il ne pouvait que réussir, car échouer n'était pas une option.

— Tu sembles soucieux, Roger, dit Honorine.

— Je ne le suis pas, répondit-il sèchement, en se concentrant de nouveau sur le dossier, où l'énigme le provoquait dans son habit de secrets.

Devant ses yeux défilait une longue liste de numéros, suivie d'un alphabet apparemment aléatoire. Il avait compris la logique derrière les chiffres, car en les additionnant d'une certaine façon, ils divulguaient les identifiants des coffres. Il espérait que les lettres révélaient les noms de clients, mais malgré ses efforts, il ne parvenait pas à les décrypter. Cependant, il avait repéré la ligne concernant le coffre 11284, suivit par l'ensemble d'initiales :
'y.l.n.g.a.l.t.u.l.m.m.l.a.z'
— Ne me mens pas, Roger. Tu fais ta mauvaise tête. Qu'il y a-t-il donc ? demanda-t-elle en s'approchant. Oh, tu essaies de déchiffrer ça.

L'inspecteur maugréa, mais désigna la ligne qui l'intéressée, jeta un regard vers le miroir au mur, où le profil soucieux de son épouse était reflété.

— Impossible de découvrir ce qui se cache derrière ces lettres. Pourtant, c'est une enquête importante, je ne peux pas perdre si près du but, il est indispensable que je puisse résoudre ce problème ! s'énerva-t-il.

— Donne-moi donc ça, ordonna-t-elle en s'asseyant sur une chaise confortable dont le siège était en osier tressé, saisissant un crayon posé sur la table. En attendant Roger, va surveiller le repas, avant qu'il ne brûle.

L'inspecteur s'apprêtait à protester, mais le regard de son épouse l'en dissuada.

Vingt minutes plus tard, il l'entendit s'exclamer avec joie et il abandonna le poulet dans le four afin de se précipiter dans la salle à manger, le tablier toujours attaché autour de ses hanches.

— Qu'il y a-t-il ? As-tu trouvé quelque chose ?

— Pas quelque chose, Roger. La solution !

Elle montra le livre à son mari, ainsi qu'une feuille de papier remplie de ratures dont elle s'était servie. Entouré et fléché, un nom était mis en évidence sur la page.

"*Steffen Metzger*" constata l'inspecteur, tandis que son épouse expliquait :

— Il suffisait de résoudre un simple Code César, devant la confusion de son mari, elle précisa. La clé était présente dans le numéro du coffre. 11284, réduit par l'addition de chaque chiffre entre eux, devient 7. Et après, ce n'est qu'un amusement d'enfant ! Il suffit de compter sept lettres de moins que celles inscrites, afin de découvrir le nom !

— C'est… C'est impressionnant, Honorine, murmura-t-il, en s'emparant de la feuille, qu'il parcourut du regard. Tu es vraiment extraordinaire.

— Seulement, il y avait un piège.

— Comment cela ? Questionna-t-il.

Honorine répondit en désignant d'un vague geste de la main le miroir qui était accroché au-dessus d'un guéridon.

— Pour trouver la solution, on devait d'abord comprendre que les lettres étaient inversées, ensuite pour arriver à la conclusion de l'énigme, il suffisait de commencer la lecture par la fin et de terminer par le début, donnant ainsi '*z.a.l.m.m.l.u.t.l.a.g.n.l.y*' !

— Comment as-tu… Comment as-tu compris cela ? s'étonna-t-il, ses yeux s'arrondissant devant l'exploit de sa chère et tendre épouse.

— J'ai mes petits secrets, répondit-elle avec un demi-sourire mystérieux avant d'ajouter. Mais dis-moi, Roger. Pourquoi Diable dois-tu résoudre de tels rébus ? Tes collègues ne peuvent pas t'aider ? J'ose espérer qu'une équipe de police compétente aurait pu percer ce simple code.

— C'est un peu compliqué.

Honorine n'était pas dupe, et elle insista :

— De quoi s'agit-il réellement ? Tu me caches quelque chose, je le ressens Roger. Je t'en pris ne me mens pas, si tu as un problème, dis-moi la vérité.

— Mon supérieur, Leroy, m'a demandé de lui rendre un service. Ce n'est pas exactement… Officiel, avoua-t-il, presque timidement.

— N'es-tu pas fou, Roger ? Veux-tu nous attirer des ennuis ? répliqua-t-elle, choquée.

— Je ne pouvais pas refuser ! Il m'aurait licencié.

— Je croyais que ton honneur de policier comptait plus à tes yeux que l'avancement, dit-elle avec amertume.

L'expression de son visage en disait long de sa déception.

Roger attristé se mit à se justifier et à raconter à son épouse sa mission :

— C'est exact. Mais… Mais ton confort importe plus que tout, ma tendre Honorine. Je ne pourrais plus subvenir à tes besoins ni aux dépenses qu'un foyer implique…

— Oh, Roger… dit-elle dans un murmure qui adoucit la cruelle expression de sa précédente déception. Sa main s'avança pour caresser son visage, ses doigts jouant avec les bords de sa moustache. Je ne veux pas que tu fasses cela pour moi. Ce Leroy te demande quelque chose de risqué et de malsain. D'immoral, même.

— Je n'ai pas le choix, ajouta-t-il, abattu.

— Si, tu as un choix. Faire ton travail de policier.

— Comment… ?

— Fais tomber ce Leroy. Récupère les preuves, et ensuite dénonce-le s'il est mêlé à une affaire louche. Tu ne dois pas fermer les yeux parce qu'il est ton supérieur, bien au contraire tu dois faire en sorte que la police soit exemplaire.

— Il est dangereux, puissant, et... Et toi, Honorine ? Protesta-t-il.

Elle ne répondit pas, mais son sourire calme valait mieux que des mots. Toutes les craintes de l'inspecteur fondirent, et il ne restait rien de plus que sa détermination. Personne n'allait le corrompre avec des menaces et des promesses. Il pencha légèrement la tête, pour que son épouse cesse de lui tordre les bouts de sa moustache, mais avec tendresse elle lui caressa le visage avant de retourner terminer la cuisson du repas.

Steffen Metzger était un homme d'une cinquante d'années, cheveux très courts, avec un embonpoint important et des costumes coupés dans un style dont il pensait qui était à la dernière mode. Cependant, son tailleur ne faisait que lui vendre des tissus dont il ne parvenait pas à se débarrasser, car il savait que son client ne fournirait pas l'effort de vérifier ses dires. Metzger avait peu de passion dans sa vie. Il n'aimait pas les divertissements et il n'avait aucun intérêt pour la chasse, la pêche, les balades ou quelque autre forme d'activité extérieure. Tout ce qui trouvait grâce à ses yeux était l'opéra et son métier. Il n'avait d'ailleurs pas d'épouse, sa première femme étant décédée mystérieusement près de vingt ans auparavant. Mais il appréciait sa vie de célibataire et n'avait jamais souhaité se marier de nouveau. De plus, il était attaché à briser la solitude en se rendant aux salons et aux réceptions, où il avait rencontré la charmante Léontine Garnié. Dame d'un âge mûr, et exceptionnelle, il s'était laissé séduire par ses mots et par son regard de braise. Comment résister à une femme d'une telle élégance ? Mieux que l'ingénue naïve, cette femme était pleine d'esprit, intelligente et sarcastique. Il se surprit à l'inviter à son logis, et ce fut la seule erreur qu'il commit. Car Léontine n'avait trouvé aucun autre charme à cet individu et n'était entrée chez lui que pour mieux dérober le code du coffre de la banque Schneider.

Alanguie sur la chaise longue, elle observait une Cadillac s'engager dans l'allée, avant que Metzger en sorte.

Il s'approcha de la femme avec une espièglerie telle qu'il lui arracha un sourire.
— Arsène. Va vite te débarrasser de cette identité que j'abhorre ! s'écria-t-elle, terminant sa phrase avec un petit rire. Qu'as-tu donc fait de ton monocle ?

— J'ai rencontré un ami, il s'est une nouvelle fois attiré sept années de malheur.

Berthe, la servante de Léontine, sorti à son tour de la Cadillac. Elle avait accompagné Lupin jusqu'à la banque sur les ordres de Léontine, qui par crainte que le faux Metzger ne dérobe ou ne modifie le contenu du coffre qu'il allait chercher, trouva un prétexte pour le faire surveiller. Le gentleman-cambrioleur se dirigea vers la bâtisse, tenant cette boîte noire soigneusement, raison des tendres retrouvailles avec la délicieuse femme, qui l'interpella avant qu'il n'atteigne le perron :

— Attends, mon chéri, lui demanda-t-elle dans un souffle. Embrasse-moi d'abord.

Il se pencha, glissa sa main dans ses magnifiques cheveux argentés, avant que sa paume ne vienne caresser sa joue.

— Je pensais que vous me haïssiez, murmura-t-il contre les lèvres qu'il s'apprêtait à embrasser.

Elle tenta de s'emparer de la boîte, qu'il leva hors de sa portée. Léontine ne protesta pas. La méfiance du cambrioleur était justifiée, après qu'elle eut disparu une première fois sans lui fournir la moindre explication, de nombreuses années auparavant. Toutefois, elle ne put s'empêcher de laisser échapper une pointe d'amertume :

— La confiance règne, il semblerait.

— Disons qu'il s'agit d'une leçon que j'ai apprise après avoir voyagé avec la très taciturne Berthe.

— Va. Il faut agir rapidement afin que nous puissions crocheter la serrure de cette boîte, et en finir avec cette étouffante méfiance.

Lupin rentra dans la maison, se dirigeant immédiatement vers la petite pièce au fond du couloir qu'il avait utilisé afin se préparer avant de se rendre à la banque Schneider. Elle était obscure et poussiéreuse avec un miroir suspendu au mur, un papier peint délavé aux nombreuses traces sombres, indiquant qu'il y avait eu des tableaux dans un passé lointain. Il commença par retirer sa veste, se mit dos à la porte laissée négligemment entrouverte. Sur une table ronde, il avait déposé la boîte.

Chantonnant, il n'entendit point les pas discrets derrière lui. Dans le reflet de la glace, il eut à peine le temps d'apercevoir la servante, avant d'endurer une violente douleur à la tempe, et de s'effondrer.

Sa conscience fut avalée dans un épais lac sombre, sombrant à travers des zones inconnues dans un esprit, où se mêlent habilement les instincts de survie et l'absence de contrôle sur le monde. Il ressentit le poids de son corps qui chutait et qui par chance fut amorti par le tapis.

La servante s'empara du coffret et se précipita à l'extérieur :

— Madame Garnié ! Madame Garnié, je l'ai ! Je l'ai pris au monsieur, Madame !

— Berthe. Tu ne l'as pas blessé, j'espère, répondit Léontine en se saisissant de la boîte, et la soulevant afin de juger de son poids.

— … Madame, dit-elle avec une note de culpabilité, qu'elle ne ressentait pas réellement. Après tout, il était devenu gênant à notre plan. Ce péroreur n'a eu que ce qu'il méritait.

— Vous ne l'avez pas tué !

— Oh, non ! Juste assommé, soyez rassurée. Il se réveillera bientôt.

— Dépêchons-nous dans ce cas, partons.

Les deux femmes s'installèrent dans leur véhicule, stratégiquement garé en direction de l'allée principale. Leurs valises les attendaient déjà, préparées par Berthe la veille de l'opération. Quelques nuages emplirent le ciel, et l'horizon prit une teinte mélancolique.

— Presque tous les biens ont été déménagés, Madame Garnié. Il ne reste que quelques tapisseries dévorées par les mites et impossibles à revendre.

— Ah. Parfait, murmura-t-elle avec lassitude, son regard fixé sur la chaise longue en osier, abrité par le mélèze.

Ses branches semblaient s'attrister. Il perdait ses aiguilles, et Léontine pouvait les distinguer, virevoltant et recouvrant l'îlot de bonheur de cette poussière verte. Et bientôt, la bâtisse fut hors de portée de sa vue. Disparue, comme l'arbre et la parenthèse.

— Est-ce que ça va, Madame ? questionna Berthe, un mouvement brusque du volant faisant crisser les roues.

— … Oui. Je crois que maintenant, tout ira bien.

Le véhicule roula sur de la terre sèche, avant que les deux femmes ne disparaissent dans un épais nuage de fumée qui les avala.

— Doucement, Constantin !

— Cessez donc de bouger, patron.

Arsène était installé dans son lit, de retour dans sa demeure. Le coup qui l'avait assommé avait été suffisamment violent pour le garder inconscient de longues minutes. Lorsqu'il rouvrit les yeux, la boîte avait disparu ainsi que Léontine. Il était parvenu à conduire la Cadillac jusqu'à son immeuble malgré le vrombissement dans son crâne, et il n'avait pas tardé à s'allonger afin de se reposer après tant d'émotions.

— Lâche donc ces bandages, je n'ai plus mal, s'exclama-t-il, avec un mouvement soudain de la main.

— Ah, ça, patron ! Il ne faut pas prendre les blessures à la tête à la légère !

Malgré ses protestations, le jeune homme inquiet s'éloigna de Lupin et il referma sa valisette de cuir où il gardait quelques médicaments et autres accessoires en cas d'urgence. Il ne savait jamais à quels dangers ils pouvaient faire face, avec la vie palpitante que le gentleman-cambrioleur menait. Et bien qu'il n'ait pas fait de grandes études, il avait appris l'art de se débrouiller.

— Si je t'écoutais, tu m'obligerais même à aller voir un docteur et à ne plus sortir de mon lit.

— Je vous avais prévenu qu'il s'agissait d'un piège, patron, se lamenta Constantin, qui aurait préféré que son patient le soit un peu plus, patient.

Le jeune homme se retira et alla préparer une collation à Arsène, lorsqu'il l'entendit s'écrier :

— Viens plutôt voir ceci.

Sur le lit, Lupin avait commencé à étaler plusieurs dossiers épais, dont des enveloppes qui portaient toutes des noms intrigants et mystérieux. Le gentleman-cambrioleur entreprit de les décacheter afin d'en découvrir le contenu.

— Qu'est-ce donc… ?

— Des plans.

— Ne m'avez-vous pas dit qu'elles vous avaient assommé afin de vous dérober le coffre ?

— Une bosse n'arrête pas Lupin.

Arsène essaya d'en déchiffrer les détails, il ouvrit chaque dossier et en sortit des ébauches aussi nombreuses que variées. Les dessins étaient annotés de toutes parts, avec des mots techniques que le jeune homme ne comprenait pas, alors il balbutia :

— Que cherchez-vous ? Vous vous êtes lancé dans une drôle d'aventure, patron ! Est-ce donc pour ces brouillons que vous vous êtes tant tracassé ?

— Absolument pas. L'affaire prend une tournure étrange, effectivement. Cependant, ce qui m'intrigue, ce sont ces stratégies militaires. Des listes de noms, des registres de ventes d'armes…

Il soulevait les feuilles et à mesure, il découvrait de nombreux indices. Il comprit rapidement que les plans permettaient de construire une large variété d'équipements, dont la puissance était améliorée par des brevets secrets. Des formules chimiques, des termes scientifiques ornaient les pages où son regard courrait. Dans un nouveau dossier que Lupin décacheta, il découvrit d'autres plans. Ceux-ci, en revanche, étaient agrémentés d'une explication quant à leur réel intérêt. Les calculs étaient faussés, volontairement erronés, afin que les équipements cessent de fonctionner s'ils devaient être construits et utilisés. Il y avait des éléments de diffamations potentielles, de fausses preuves qui pourraient être manipulées envers quelqu'un... Un pays, même. Ainsi, si une force militaire devait se servir de ses moyens pour créer ces armes révolutionnaires, elle se retrouverait à la fois vulnérable et ruinée.

— Constantin, ce que je possède ici est d'une importance capitale. Si une personne malveillante utilisait ces dossiers, elle pourrait déclencher une guerre et la remporter.

— Mais, c'est terrible ce que vous avancez.

— Ces documents ont une valeur inestimable. Cependant… Et il se tut, réfléchissant.

Léontine s'était servie de lui. Jamais il n'aurait accepté de se lancer dans cette opération s'il en avait su le but réel. Posséder ces dossiers se révélait excessivement dangereux. Mais la femme avait eu connaissance de cette vérité, elle s'était pourtant impliquée dans des affaires politiques qui la dépassaient et ne l'intéressaient pas. Pourquoi une aventurière comme elle se serait-elle lancée sur la trace de telles informations ? Dans quel but ? Car bien que ces dossiers valaient une fortune, seul un fou dénué de conscience risquerait le fragile équilibre du monde pour un simple bénéfice financier. Non, il n'osait imaginer dans quelle situation elle devait se trouver pour qu'une personne puisse la convaincre de participer à ceci, mais Arsène en était certain. Elle y avait été contrainte, sans aucun doute obligée par une force terrifiante et cruelle. Que pouvait-elle avoir de si grave à se reprocher pour accepter une telle affaire ?

Le bureau de Lucien Levasseur était imposant par son ampleur, mais surtout par les nombreuses statues animalières réparties dans la pièce. Il y en avait même sur le côté droit de la bibliothèque ainsi que deux posées sur l'épais tapis de motifs rouges au liseré de gris. Deux panthères en bronze de tailles imposantes semblant si naturelles, et dont les pattes avant avaient l'énergie des animaux prêts à bondir. Les sculptures étaient remarquables, de véritables beautés. Le talent du maître d'art ayant réussi une telle prouesse technique était immense. Il ne pouvait s'agir que d'un créateur de reconnaissance mondiale. Cependant, il y avait dans le mouvement immobile des fauves un pincement au creux des babines, un frisson invisible traversant la fourrure, comme si l'intention même du sculpteur s'était exprimée. Car, bien que les deux panthères semblaient prêtent à se jeter sur leur proie, elles étaient contraintes de rester inanimées sous leur peau de bronze. Oui, elles avaient été domptées par l'art, et par leur propriétaire.

L'homme qui était assis trônant dans son royaume de bois vernis n'avait en rien l'air d'une panthère. Son visage rond, aux joues rougies et irritées sous une couronne de barbe blanche, le front dégarni et les rides qui affaissaient son regard ne lui donnaient pas l'apparence d'un dompteur de fauves. Cependant, deux pupilles, étroites et luisantes ornaient sa figure, perçant et prédateur, et si son corps était physiquement incapable de se jeter sur une proie, son influence et son pouvoir était capable de briser ladite proie de façon plus cruelle encore.

Un sous-main en cuir vert kaki, ainsi qu'un ensemble de plumes et quelques flacons d'encre étaient parfaitement alignés sur le dessus du bureau. Mais la pièce maîtresse de sa collection de trophées était une femme.

Une statue en argent massif, posée à proximité du côté droit du meuble, où sa main pouvait l'atteindre facilement. La dame était représentée debout, nue, son regard pensif, seul un voile posé sur son avant-bras glissait jusqu'à ses pieds. Les mouvements étaient sculptés avec une immense précision. Ses cheveux tombaient délicieusement sur ses épaules, on devinait de longues jambes sous le tissu qui s'entrouvrait malicieusement. Elle était jeune, posant comme une déesse qui s'amusait à jouer les nymphes.

— Arrête de fixer cette statue.

Léontine entra dans la pièce, jetant à cet homme un regard glacial.

— Pourquoi devrais-je ? Le modèle dont le sculpteur a pris l'inspiration devrait s'en enorgueillir.

Mais le modèle en question n'avait pas souhaité lui laisser ce souvenir d'elle. Léontine regrettait toujours qu'il eût en sa possession cette statue et qu'il la mette en évidence sur son bureau afin de la narguer avec les vestiges de leur brève histoire partagée.

Léontine s'adressa à cet homme, après un silence :

— Il y a eu un souci. Je n'ai pas les dossiers.

— Comment ? S'écria-t-il.

Léontine jeta la boîte ouverte sur le bureau de Levasseur, où il eut tout le loisir de regarder ce qu'il se trouvait à l'intérieur. Seul un vide abyssal, à l'exception notable d'une cinquantaine de cartes signées Arsène Lupin, ainsi qu'un cahier d'écolier qui n'avait pas été utilisé. Il s'agissait d'une mise en scène afin de simuler suffisamment le poids des dossiers pour la berner.

— Que vas-tu faire, désormais ? demanda-t-elle.

— Nous allons nous occuper de lui.

— Il n'y a plus de nous, Lucien. J'ai séduit Steffen Metzger. Avec les fâcheuses conséquences que ça a eues. Puis, je m'étais engagée à récupérer la boîte de la banque, et la voici, sous tes yeux. Mon rôle dans cette affaire est terminé, je refuse de continuer à être l'esclave de tes projets !

Avant de répondre, l'homme ouvrit un tiroir et en sortit un dossier. Elle frissonna, mais ne bougea pas, ses épaules restant droites obstinément.

— J'ai la preuve, Léontine, que tu es une criminelle. Je te tiens, tu ne peux pas m'échapper. Tu ne peux que t'exécuter à mes demandes.

— J'étais en état de légitime défense, je ne voulais pas…

— Qui te croira, cependant ? Elle se tut, alors il continua son discours en la fixant du regard. J'ai besoin de ces documents. À travers toi, je me suis servi d'Arsène Lupin pour l'obtenir et je compte récupérer ces plans, et à présent qu'il les possède, tu vas faire le nécessaire pour me les ramener, Léontine. Tu vas m'y aider, ou il ne restera de toi qu'une statuette à ton effigie et ton tragique décès sur ma conscience, me comprends-tu ?

Léontine ne s'autorisa pas à réagir à son sarcasme, ses yeux brillèrent d'une lueur amère, brûlante comme une lionne contrainte à traverser des cerceaux. Elle se retrouva quelques instants sans voix, se sentant immobilisée par une peau de bronze.

— Je te hais, Lucien.

— Et cela ne m'attriste en rien. Je suis habitué à voir le monde qui m'entoure me haïr. Tant qu'ils me craignent, j'aurais ce que je désire. Et je peux facilement m'en contenter.

— Comment espères-tu que je parvienne à voler le plus grand des voleurs ?

— Les mythes peuvent être assassinés aussi. Comme ton cher Steffen…

Léontine laissa échapper un soupir, sans offrir un dernier regard à l'exécrable individu qui lui faisait face, elle sortit de ce lieu qui l'étouffait comme dans une geôle. Pire que dans la prison dans laquelle elle serait jetée, elle savait qu'il était capable de la faire disparaître définitivement si elle ne parvenait pas à lui remettre ces plans qu'il désirait.

L'idée d'obéir lui était insupportable, mais sa survie la poussait dans ses derniers instincts, et, ajustant une mèche de ses cheveux argentés qui drapaient son visage, elle se mit à douter. De sa propre capacité à ne pas chuter lorsque les éléments s'acharnaient pour la faire sombrer. Car elle l'aimait, ce péroreur de Lupin, elle le savait. Elle aimait sa détermination qui pliait ses adversaires sous sa volonté, elle aimait les traits d'esprit dont il la ravissait, et surtout elle aimait la façon dont il la chérissait.

Elle devait le rejoindre. Ses deux petites mains pâles tremblèrent, elle se sentait plus vulnérable que jamais.

Le sommeil est une création fabuleuse. Ou est-ce une fabuleuse invention de la création ?

Dans tous les cas, l'homme dormait paisiblement, sa poitrine se mouvant avec chaque inspiration qui lui emplissait les poumons d'oxygène et de rêves. Son visage était calme, et était orné d'une expression qui n'appartient qu'à ceux dont la conscience est tranquille.

Les deux fenêtres étaient entrouvertes, pour laisser pénétrer un fin filet de fraîcheur, faisant redescendre la température de la pièce. Cependant, ce ne fut pas par la fenêtre que l'ombre s'était glissée. Elle était entrée par la porte, et ses pas s'avancèrent jusqu'au rebord du lit, où, sa main se levant, s'approchait lentement de l'individu visitant ses songes.

Tout se déroula en quelques secondes. Le bras de l'ombre fut saisi par une poigne qui n'autorisait pas qu'on lui échappe. L'interrupteur électrique situé sur le côté fut actionné, révélant à la lumière du lustre de cristal qui se balançait au-dessus des deux êtres, une chevelure ressemblant à une cascade d'argent.

— Léontine ? murmura l'homme.

— Toujours autant sur tes gardes, Arsène. Qu'elle est la dernière fois où tu as passé une nuit profondément endormi ?

— Dans mon berceau, lorsque des plans militaires ne risquaient pas de m'être dérobés.

La femme soupira et prit place sur le rebord du lit. Arsène se tourna vers elle, afin de mieux l'observer. Cette visite le surprenait, mais la raison de sa présence en ce lieu était évidente. Cependant, il y avait un élément qu'il souhaitait connaître avant de se focaliser sur d'autres détails.

— Comment êtes-vous parvenu à découvrir cette adresse ?

— Quand tu es venu chez moi, après ta première visite. À ma demande, Berthe mon employée, t'as suivi lorsque tu es parti.

— Comment ne pas me souvenir de Berthe ? Elle n'a pas hésité à m'offrir une jolie bosse lors de notre dernière rencontre.

Le commentaire arracha un rire à Léontine, qui était clairement tendue et inquiète par un secret que le gentleman-cambrioleur ne parvenait pas à saisir. Pas encore, mais il n'y avait aucun mystère qu'il ne pouvait percer.

— Je m'en excuse, Arsène. Je ne supporte pas plus la violence que toi, mais… D'ailleurs, comment as-tu fait pour substituer les dossiers à la vigilance de Berthe ?

— Un simple tour de magie. Je suis allé visiter la banque peu de temps avant de m'y rendre en tant que Metzger. J'ai repéré les boîtes, et je suis parvenu à en acquérir une de semblable. Le reste fut enfantin. J'ai habilement caché sous un siège de ma Cadillac le faux coffret, et après mon retour de la banque, je l'ai interverti avec le véritable. Un détournement rapide du regard de Berthe m'a suffi pour ma prestidigitation.

— C'est ingénieux, en effet… dit-elle, mais elle semblait absente, concentrée sur ses inquiétudes.

— Qu'il y a-t-il ?

Il se saisit de ses mains. Elles étaient glaciales. Pourtant, il ne faisait pas froid, mais le stress était présent, faisant frissonner sa peau. Il les guida contre sa poitrine afin de les réchauffer, tout en plongeant son regard dans le sien. Il était si puissant, si déterminé habituellement, mais il semblait perdre de la force désormais. Aucune étincelle dans ses yeux ne brillait, si ce n'était les flammèches d'un grand désespoir.

— J'ai besoin de ce dossier.

— Évidemment. Mais pourquoi ? Pas pour le vendre, je suppose. Il a une valeur inestimable, mais nous savons tous les deux que ce n'est pas dans ce domaine que vous êtes une spécialiste. La politique, les complots, énuméra-t-il.

— Je… Je ne peux le dire. Il faut absolument que tu me le rendes, Arsène. Je suis venue pour te convaincre, mais si tu me le refusais… Si tu décidais de ne pas me le remettre, tu me condamnerais, annonça-t-elle dramatiquement.

— Je ne peux pas vous aider si vous ne vous confiez pas à moi, répondit-il.

Son intention était évidente. Il ne lui donnerait pas le dossier, pas avant d'avoir compris toute la situation. Il voulait connaître quel était le rôle de Léontine dans cette aventure. Elle baissa la tête, ses cheveux aux reflets argentés couvrirent une partie de son visage, le privant de son regard. Sans lever les yeux, elle avoua dans une respiration :

— Je ne peux pas tout te révéler. Tu ne m'aimerais plus si je te le disais.

— J'ai besoin de connaître la vérité.

À l'instant où elle s'apprêtait à répondre, la porte s'ouvrit. Le vent s'était engouffré par les fenêtres, causant une distraction temporaire qui permit à Léontine de se faufiler hors de ses bras.

Juste avant de disparaître dans l'embrasure, une exclamation la quitta, lui échappant, car elle ne pouvait la retenir :

— Je dois partir. J'ai confiance en toi et je suis certaine que tu perceras la vérité. Je te l'ai déjà donnée.

Le sommeil fut une bénédiction que l'inspecteur Guerchard n'eut pas le droit d'obtenir. Mais sa nuit, penchait sur l'épais registre de clients de la banque Schneider ne fut pas vaine. Il était parvenu, grâce à l'aide précieuse d'Honorine, à déchiffrer la majorité des noms présents sur le carnet. Il s'agissait principalement de criminels, plus ou moins ambitieux, et dont il se souvenait vaguement avoir aperçu leurs identités dans les dossiers de la préfecture. S'il réussissait à démarrer la procédure qui arrêterait tout ce charmant microbiome, il n'aurait rien à craindre, si ce n'était un avancement certain qui ferait oublier le catastrophique échec de l'affaire Lupin.

Cependant, l'inspecteur n'était pas intéressé par les reçus détaillés des dépôts dans cette banque de moins en moins intègre. Non, ce que Guerchard se devait d'obtenir, c'était le lien entre son supérieur et le coffre numéro 11284.

Et finalement, il le repéra, inscrit à l'encre noire, sur une nouvelle feuille de noms déchiffrés par Honorine, qu'elle lui tendait au fur et à mesure.

Un certain Lucien Levasseur possédait également un dépôt dans cette banque. Pourquoi cette identité lui semblait-elle familière ?

Cela lui demanda plusieurs minutes, mais il parvint à se souvenir de cet homme qu'il avait rencontré au côté de son supérieur Leroy, lorsque ce dernier était entré en possession de ses fonctions et avait réuni certains agents de la Sûreté afin de les informer des récentes dispositions qu'il avait décidées. Il ne connaissait pas le poste exact qu'occupait Levasseur, mais d'après ce qu'il avait appris, il s'agissait d'un de ces très nombreux individus attirés par le pouvoir comme les papillons de nuit recherchent la lumière. Jamais très loin des nouveaux chefs, tentant de s'approcher à tout prix de l'État, Guerchard craignait déjà d'aller l'interroger alors qu'il n'était pas encore installé dans sa Donnet Zedel. Il s'agissait du genre de personne pour qui la corruption était presque élevée au rang d'art, et l'inspecteur souhaitait ne jamais avoir été en contact avec cette enquête.

Il n'avait pas le choix, pourtant, et ce fut pourquoi il se rendit au bureau qu'occupait Levasseur, dont il obtient l'adresse après quelques coups de fil à des collègues. Il aurait certainement dû se focaliser sur Steffen Metzger, qui était le propriétaire du coffre loué à la banque. Le patron de l'établissement lui avait assuré que ce dernier avait procédé au retrait de son mystérieux contenu. Cependant, cela était impossible, car l'inspecteur avait découvert dans les rapports de police que le pauvre homme s'était suicidé, de nombreuses semaines auparavant. Qui était l'énigmatique individu qui s'était fait passer pour Metzger ? Pourquoi désirait-il posséder ce coffre, et que contenait-il pour attirer ainsi la convoitise ? Il ne pouvait pas encore répondre à toutes ces questions, mais il avait déjà une piste en la personne de Levasseur, dont il savait qu'il avait côtoyé son supérieur.

Lorsqu'il démarra le véhicule après s'être vêtu de son veston, un étrange bruit provenant du moteur l'interpella. C'était semblable à un petit objet compact qui tombait sur du parquet. Ne connaissant pas cette nouvelle voiture, il ne s'en inquiéta pas, sachant qu'il n'était pas un expert en mécanique et que c'était peut-être tout à fait anodin. Il choisit de croire qu'il s'agissait d'une réaction normale des circuits de cette haute technologie.

Ce que l'inspecteur ignorait, alors qu'il se rapprochait du bureau de Levasseur, le moteur ronronnant désormais plaisamment, c'était que Jean Dermont, alias Maxime Daspry, alias Arsène Lupin se rendait également chez ledit Levasseur, après avoir suivi Léontine discrètement, dans la nuit qui précédait.

Et tandis que les lueurs de l'aube délicate perçaient l'horizon, et que l'asphalte noir luisait par la rosée du matin, l'inspecteur Guerchard fut arraché de ses inquiétudes par de légers cliquetis. Les bruits venaient du moteur qui commençait à hoqueter. Et bien qu'il ne soit pas un expert de l'automobile, il savait que c'était tout sauf normal.

La voiture eut comme un sursaut, crachant une épaisse fumée noire et après une toux agonisante, elle stoppa. Aucune des tentatives de l'infortuné inspecteur parvinrent à ramener à la vie le véhicule, qui refusait désespérément de redémarrer. Énervé, il frappa du pied les roues, ne remportant dans le processus qu'une douleur supplémentaire dont il s'affligea. Heureusement, une Cadillac verte traversa la rue et le propriétaire fit signe à son chauffeur de ralentir afin de demander à l'homme couvert de cambouis si tout allait bien.

— Que vous arrive-t-il, mon brave ? Un souci mécanique ?

— En effet. Je suis inspecteur de police, pourriez-vous me ramener au commissariat le plus proche ?

Le chauffeur, un jeune individu nerveux, jetait des regards inquiets à son patron, mais il restait silencieux.

— Montez donc, mon cher ! répondit le gentleman. Jamais je ne refuserais de venir en aide à notre police, ce serait un acte très peu citoyen de ma part. Dites-moi, possédez-vous cette voiture depuis longtemps ? Je ne savais que le ministère avait mis à disposition de si beaux véhicules…

En bougonnant et en maudissant silencieusement Lupin, Guerchard rejoignit sur les sièges arrière son sauveur. Il posa accidentellement ses paumes tâchées de cambouis sur son pantalon.

— Heureusement qu'il y a des gens comme vous, Monsieur, dit l'inspecteur, en évitant de répondre à la question, et en tentant vainement de faire partir les tâches, les frottant et empirant la situation.

Le trajet fut court, mais terriblement charmant. Ce bon samaritain ne cessait de s'intéresser au métier de l'inspecteur, qui se sentait soudainement plus important qu'il ne l'était.

— Que ce doit être palpitant d'arrêter les voleurs et brigands de toutes sortes !

— On assiste à toutes sortes de choses que vous ne pouvez imaginer, Monsieur.

— Oh, permettez-moi de vous demander, la curiosité est trop forte. Sur quelle affaire fascinante travaillez-vous actuellement ? Voyez-vous, je suis passionné de romans policiers !

— Je ne peux…

— Si c'est un secret professionnel, je n'insisterai pas.

Il n'eut pas besoin d'insister, car l'inspecteur laissa échapper qu'il enquêtait sur des soupçons de corruption, sans préciser les détails si ce n'était que cela concernait des gens puissants et que cela couronnerait sa carrière des lauriers du plus haut courage.

Finalement, ils atteignirent le commissariat, et Guerchard dit, avant de descendre du véhicule, tendant sa main pour l'offrir à l'homme qui lui avait si aimablement porté secours.

— Je suis ravi de vous avoir rencontré, je vous remercie pour votre aide.

— Le plaisir est partagé, mais je crains que je ne puisse vous serrer la main, en raison du cambouis qui immanquablement…

— Ha, excusez-moi, alors, il salua également le chauffeur d'un geste rapide, et sortit de la voiture.

La Cadillac s'apprêta à repartir, Constantin lançant des regards à son patron afin de savoir à quel moment il allait mettre un terme à cette conversation. Comme Guerchard se dirigeait vers le commissariat, le bon samaritain qui l'avait secouru l'interpella :

— J'ai oublié de me présenter, inspecteur ! Je m'appelle André Laval. Au plaisir de vous revoir !

Et avant que Guerchard ne puisse réagir, la voiture s'en allait déjà, disparaissant dans un virage. Pourquoi diantre ce nom lui évoquait des souvenirs ? Et soudainement, cela le frappa.

André Laval était l'identité du donateur de la Donnet Zedel, en d'autres termes Arsène Lupin.

— Nom de nom, de… murmura-t-il sous un choc qui paralysait sa colère, avant qu'elle ne se libère. C'était Lupin ! J'ai voyagé dans la voiture de Lupin ! Je lui ai offert ma main et il a eu l'audace de refuser de la saisir. Ah ça. Ah ça !

— Ce n'était peut-être pas une bonne idée, patron.

— Si je t'avais écouté, je ne serais pas venu en aide à ce pauvre Roger.

— C'était dangereux ! Il aurait pu comprendre qui vous étiez et vous arrêter.

— Allons, ne soit pas rabat-joie. Que serait la vie sans panache ? Ose me dire que ce n'est pas pour ce panache que tu travailles pour moi depuis si longtemps.

— Pas seulement, patron.

Constantin se tut, le regard dans le vague tandis que le gentleman-cambrioleur lui montrait le dossier en sa possession.

— Ne t'inquiète pas, mon ami. Arsène Lupin s'en sort toujours, d'une façon ou d'une autre.

— Je n'arrive pas à croire que vous allez donner ces documents à l'homme chez qui Madame Léontine s'est rendue avant-hier.

— Il s'agit d'une copie, que j'ai pris soin de falsifier afin qu'elle soit inutilisable. Quant aux faux plans, ils ont désormais des proportions et des calculs tellement ridicules qu'un écolier s'en moquerait. Personne ne pourra se servir de ces plans, mon cher ami.

— Ça ne signifie pas que vous devriez aller là-bas.

— Sache, Constantin, que j'ai besoin de le rencontrer afin d'avoir une vision plus claire de cette affaire qui ne cesse de s'assombrir.

— Et s'ils étaient amants, patron ? Si ce n'était qu'un piège destiné à vous mener à votre perte ? suggéra le jeune homme.

— Impossible, je la connais que trop pour affirmer qu'elle considère notre métier comme de l'art. De plus, elle était sincèrement paniquée lorsqu'elle m'a rendu visite. Quoi que cet individu possède, je dois m'en emparer afin de la libérer de son emprise.

Constantin conduisit son patron jusqu'à l'adresse de Lucien Levasseur peu après leur discussion. Il attendit dans la Cadillac, l'observant à travers un reflet. Lupin se dirigea vers un grand immeuble, qui avait l'air plus luxueux dans la lumière du jour qu'en pleine nuit, lorsqu'ils avaient suivi Léontine Garnié. Son patron frappa à la porte, puis entra, disparaissant pour les yeux de Constantin, qui n'avait qu'à espérer qu'il reviendrait bientôt. Il se pencha, ouvrit la boîte à gants, et en sortit un livre relié de cuir rouge. Abîmées, usées par les lectures, les lettres dorées indiquaient toujours en couverture le nom d'Oscar Wilde.

Une employée à la voix nasillarde fit attendre Lupin, jusqu'à ce qu'il glisse dans sa main pâle, à l'intention de l'individu qui refusait de le recevoir, une carte de visite au nom de Jean Bermont où il avait inscrit 'Scheinder', afin d'obtenir son attention. À peine deux minutes plus tard, il fut introduit dans le bureau.

Lucien Levasseur le fixa du regard comme s'il cherchait à comprendre qui était le nouvel adversaire dans cette aventure, malgré le grand sourire qui étirait ses lèvres de manière ridicule.

— Asseyez-vous, je vous en prie, Monsieur Bermont, sa sympathie état risible tant elle était forcée.

Le gentleman-cambrioleur repéra la statuette sur le bureau, car ses yeux de professionnel ne le trompaient pas. Il s'agissait bien d'une sculpture de Léontine travaillée quelques années auparavant, le visage avait réussi à capturer son expression, et la silhouette était parfaite.

Cette Léontine en argent était là, debout entre les deux hommes, dans l'œil de la tornade à venir. On pouvait presque voir ses mains trembler sensiblement, elle cherchait à attraper la manche de Bermont afin qu'il lui porte secours. Immobile dans cette prison, l'image de la belle dame était exposée au regard de tous. Remarquant cette attention envers sa possession, Levasseur interrompit les pensées de son visiteur :

— Je suis un homme occupé et je crains de ne pouvoir vous accorder beaucoup de temps, Monsieur Bermont.

— Vous aurez pour moi autant de temps que je le souhaite, et en prononçant ces mots, il déposa l'épais dossier sur le bureau.

— Comment… Vous êtes…

— Arsène Lupin, en effet.

— Léontine m'a prévenu que vous aviez récupéré les documents, je n'imaginais pas que c'était pour négocier, dit-il après quelques secondes de réflexion, se remettant de la présence de l'homme le plus recherché d'Europe.

— Quels autres intérêts aurais-je dans cette affaire ? Je ne compte pas me servir de ces plans.

Levasseur approcha ses doigts du dossier, juste avant que Bermont ne l'enlève du bureau habilement.

— Combien souhaitez-vous afin que je le consulte sans que vous me le retiriez des mains ? lui demanda-t-il avec une pointe d'amertume dans sa voix.

— Qu'avez-vous contre Léontine ? Ma question ne doit pas rester sans réponses. Donnez-moi la raison pour laquelle elle a accepté ce partenariat.

— Cela ne vous concerne en rien, autant Lupin que vous êtes. Je veux juste entendre votre prix.

— C'est mon prix. La liberté de Léontine. Vous connaissez ma réputation. Sachez que je ne suis pas qu'un cambrioleur, je suis aussi un gentleman. Les femmes doivent être respectées… En revanche, je n'ai que très peu de courtoisie pour les horribles individus tels que vous, répondit-il avec une assurance que la surprise sur le visage de Levasseur ne déstabilisa pas.

— Comment… Vraiment ? Vous me donneriez un dossier d'une valeur immense seulement pour la sécurité de cette femme ? il termina sa phrase dans un petit rire nerveux, désarçonné par le personnage en face de lui.

— Si vous doutez de ça, vous connaissez bien mal Arsène Lupin.

— Je vous assure qu'elle ne mérite pas votre dévouement, répondit-il en ouvrant un tiroir.

— Et je peux vous certifier que je partirais de ce bureau si vous prononcez encore un mot déplaisant à son encontre, affirma Bermont, avec une expression sérieuse. Je ne tolérerais pas que vous lui manquiez de respect.

Levasseur ne protesta pas, car il était dans son intérêt de ne pas payer pour ces plans militaires. Il sortit du tiroir un dossier avec une couverture rigide, et eut un regret certain de ne plus pouvoir manipuler Léontine. Cependant, ce qu'il obtiendrait en retour était un pouvoir plus important encore et le sacrifice valait bien qu'il se sépare de son contrôle sur elle.

— Voici donc, Monsieur Lupin. Tout ce que je possède à propos de cette femme, ajouta-t-il avec une pointe d'ironie, mais son regard était limpide. Il ne mentait pas.

— Ce n'est pas tout. Il y a un souvenir d'elle que vous conservez et que je vais également récupérer.

La main de Levasseur se saisit instinctivement de la statuette, et il argua contre la tentative fermement :

— Non.

— Alors, je m'en vais brûler ces plans et vous ne pourrez jamais vous servir de leurs contenus.

— Osez sortir de mon bureau d'abord, Monsieur, gronda Levasseur avec un ton menaçant.

Sans rien ajouter, Bermont ouvrit une petite boîte où il gardait quelques cigarettes. Il s'en saisit d'une, évita volontairement d'en offrir à son interlocuteur, et se servit d'une allumette qu'il n'éteignit pas, l'approchant dangereusement des documents. Cela fit immédiatement réagir Levasseur qui comprit que Lupin comptait sérieusement endommager les plans s'il ne lui obéissait pas.

— D'accord, d'accord ! Vous aurez la statuette. Mais j'ai besoin de vérifier si le contenu du dossier est réel tout d'abord.

Arsène l'ouvrit, et lui montra aléatoirement quelques pages. Par un procédé habile, digne des magiciens de rue, il alterna les feuilles de telle sorte qu'elles semblèrent écrites et véridiques, tandis que le gentleman-cambrioleur avait recopié des phrases entières de Montesquieu, remplaçant toutes les informations importantes par des extraits de ses ouvrages, modifiant les données des plans par des numéros improbables. Cependant, Levasseur ne vérifia pas, et ce fut ce qui le perdit. Il fut aveuglé par le pouvoir, alors que sous son regard s'offrait des caractères déposés à l'encre, lettres et chiffres, qu'il ne fit que voir, sans les lire, comme il avait voulu obtenir Léontine sans la séduire.

Bermont referma le dossier et le glissa dans un tiroir de son bureau.

Le silence de son adversaire vaincu était un aveu et une confession.

— Je ne vous salue pas, Monsieur. Vous êtes typiquement le genre d'individu pour lequel je n'ai aucune empathie, il se saisit du dossier de Léontine ainsi que de la statuette.

Avant qu'il ne quitte la pièce, cependant, Levasseur l'interpella :

— Pourquoi ? Parce que j'ai osé garder un souvenir d'une femme que j'aime ? N'aviez-vous pas conservé son gant toutes ces années, peut-être ?

— Parce que jamais je ne deviendrais le maître chanteur d'un être que j'affectionne. Vous parlez d'amour sans en comprendre la signification. Mais aussi…

— Aussi ?

— Aussi parce que lorsqu'on a la chance de connaître une dame si belle et exceptionnelle, on ne la garde pas sur un bureau comme un trophée pour tous les regards. On la chérit, on la sauve des mauvais génies tels que vous, et on lui offre de charmantes aventures afin que sa vie soit remplie de magie.

— Vous devriez lire ce dossier, Monsieur Lupin. Vous parlez d'elle sans connaître les abominations qu'elle a commises, et je suis certain que les informations que vous trouverez compilées sur ces feuilles et que toutes ces preuves, vous montreront que vous devriez vous méfier d'elle.

— Au revoir.

Levasseur insista, cependant. S'il ne pouvait pas avoir le cœur de Léontine, il ne la laisserait pas être heureuse avec un autre homme. Et il savait, connaissant par les journaux ce que Lupin avait en horreur plus que tout.

— C'est une criminelle, elle a tué, oui Monsieur, elle a assassiné un de ses amants !

Bermont s'arrêta devant la porte, mais il n'eut aucune expression de surprise, colère, ou déception.

Simplement, il répliqua avec calme :

— Je n'ai pas besoin d'apprendre ces détails, car je la connais. Quoi qu'elle ait fait, j'ai la preuve absolue qu'elle y fut contrainte par les circonstances, et j'ai obtenu cette preuve grâce à vous.

— Quoi ? Comment ? Mais je n'ai jamais rien dit de tel. Comment pourriez-vous être aussi certain de son innocence, sans même connaître l'affaire ? dit Levasseur avec effroi.

— Je n'aurais pas autant d'amour pour elle si elle était une meurtrière. Vous ne pouvez pas comprendre. De plus, si les preuves que vous avez collectées attestaient que son action fut autre chose qu'un accident, ou une malheureuse conséquence à un besoin de se sauver, vous n'auriez pas l'air aussi paniqué, constatant que j'ai foi en elle. Léontine est une déesse d'argent, et ces êtres-là, si rares, ne sont tâchés d'aucun crime.

— Allez-vous lire ces documents, patron ?

Constantin désigna d'un mouvement de sa main gauche l'épais dossier qu'Arsène avait récupéré chez Levasseur, à la force de sa volonté et de son autorité, ainsi qu'en échange des plans secrets modifiés par ses soins. La main droite était quant à elle occupée à épousseter les étagères, principalement les tranches et les couvertures des livres que le gentleman-cambrioleur gardait.

— Non. Il ne m'appartient pas de connaître ces détails. Je respecte son intimité et ses mystères.
— N'êtes-vous pas curieux, cependant ? Je le serais, si la personne dont j'étais épris avait

soudainement commis un acte odieux, et que la vérité se trouvait juste ici, sous mes yeux !

Lupin baissa l'ouvrage qu'il était en train de lire, assis dans un confortable fauteuil de velours bleu, afin de regarder son ami.

— Mon cher, si tu étais épris de quelqu'un, tu ne voudrais pas savoir. Il n'y a que la vérité qui heurte, le doute est moins mauvais à supporter. De plus, j'ai entière confiance en Léontine. Tout ce qui est stipulé dans ce dossier ne peut être que l'ensemble des faits rapporté par une enquête de police. Et durant sa visite nocturne, elle m'a dit très sincèrement qu'elle m'avait déjà donné sa vérité.

— Peut-être que je le suis, patron. Épris, je veux dire… Avoua-t-il dans une respiration timide, qui fut coupée par l'exclamation de Lupin.

— Une enquête de police !

Devant la confusion de Constantin, il s'élança hors de son fauteuil avec une énergie soudaine.

— Comprends-tu ce que cela signifie ?

— Pour être honnête avec vous, patron… Levasseur est entré en possession de dossiers qu'il n'était pas censé avoir. Et vous vous demandez qui aurait pu les lui fournir ?

— Non, c'est un maître chanteur, qui recherche encore plus de pouvoir à travers ces plans. Forcer des gens à lui faire de telles faveurs, par la menace ou la corruption, doit lui être aisé, Il fit le tour de la table, afin de faire face à son interlocuteur. Mais il y a eu une enquête de police, donc il y a eu meurtre. Et jamais, Léontine ne m'a parlé de son innocence.

— Je ne comprends pas… N'est-ce pas une mauvaise nouvelle ? questionna le jeune homme.

— Au contraire ! Elle a dit qu'elle m'avait donné sa vérité ! Ah, comment ai-je pu être aveugle aussi longtemps ? Sa vérité, c'était le jeu de piste qu'elle avait organisé.

— Les indices qui nous menèrent au gant dans cet appartement vide, est-ce exact ?

Lupin ouvrait un tiroir, tout en parlant rapidement. Il exultait, l'énergie semblait parcourir son corps dynamique, alors que les idées se bousculaient dans son esprit, se bataillant entre elles afin d'obtenir, dans le charnier des faux indices et hasards, la vérité dont elle avait parlait à demi-voix.

— Cet appartement n'était que brièvement décoré, mais chaque élément représentait ce que j'ai partagé avec elle, une histoire arrêtée, pétrifiée à travers les années. Il me faut la pipe.

Constantin balbutia, reculant tandis que le gentleman-cambrioleur arpentait la pièce afin de retrouver une loupe, et divers outils de précision, utilisés par les meilleures joailleries.

— Comment…

— La pipe est la vérité qu'elle m'a donnée, et il me faut l'examiner. J'ai conscience que je t'ai laissée l'emporter, et je m'en excuse, mais il me la faut. Maintenant, peux-tu aller me la chercher ? ordonna-t-il sur un ton péremptoire.

— Je ne peux pas, patron. C'est impossible.

— Ne dis pas de sottises. Monte chez toi, et reviens avec. Je te la rendrais. Si tu préfères, je t'en offrirai une autre. Allez.

— C'est que… C'est que je ne l'ai plus, patron.

Le gentleman-cambrioleur se retourna lentement, avant de s'approcher du jeune homme et de le saisir par l'épaule, un peu fermement, mais toujours avec grand respect.

— Tu ne l'as plus ?

— Hé bien, c'est ce dont j'allais vous parler… bégaya-t-il.

— Qu'en as tu donc fait ? s'écria Lupin, le regardant droit dans les yeux. Une lueur de frustration et de colère brûlait dans ses iris. Où est-elle ? Ne me dis pas que tu l'as jetée !

— Je l'ai offert à Thomas.

Thomas, auprès de qui Arsène s'était présenté en tant que Maxime Daspry. Thomas, ce jeune homme qui n'avait aucune idée qu'il possédait, si seulement il ne l'avait pas revendu ou ne s'en était pas débarrassé lui-même, un objet que le cambrioleur le plus recherché d'Europe convoitait. Visiblement, Lupin ne semblait pas ravi de la nouvelle que venait de lui annoncer Constantin. Cependant, il sut réagir rapidement, comme à son habitude.

— Et ce Thomas possède une adresse que tu connais ?

— Oh, oui. Évidemment, patron. Il vit dans un quartier absolument convenable, bien qu'il soit plutôt modeste. Puisque son histoire vous intéresse, il a fait des études que je ne pourrais vous expliquer en détail, mais il a dû les abandonner pour des raisons personnelles… Ça n'est en rien un frein à son bonheur ! Il est tout à fait heureux, et il a de nombreux hobbies… Que faites-vous, patron ?

Lupin, après avoir rangé ses outils de joaillier dans une sacoche de cuir, se dirigeait vers sa chambre. Il se retourna juste avant de disparaître dans l'embrasure, répondant à son ami étourdi :

— Je me prépare. Je vais à nouveau incarner Maxime Daspry, en face de cet homme que tu tiens en si haute estime. Il faut que mon rôle soit parfait… Et que je récupère cette satanée pipe !

L'inspecteur Guerchard n'était pas homme à abandonner. Malgré les tracas de la veille, qui l'avait rendu piéton, il était déterminé à aller interroger ce mystérieux Lucien Levasseur. S'il pouvait prouver le lien qu'il entretenait avec son supérieur, il pourrait peut-être découvrir des indices accablants qui lui permettraient d'éclaircir cette affaire.

Car, il était désormais question d'honneur pour le brave inspecteur, qui se refusait à fermer les yeux sur la corruption de son supérieur hiérarchique. En l'absence de sa Donnet Zedel, qui avait été amenée au garage le plus proche du lieu de la panne, il dut emprunter un véhicule de fonction auprès d'un collègue, afin que son supérieur ne puisse douter en aucun cas de son intégrité. Le temps pour lui était compté, car il ne s'était pas encore rendu chez Leroy pour lui avouer qu'il ne possédait pas le contenu du mystérieux coffre. Quelques jours à peine le séparait de l'exécution des menaces, et par conséquent de son éventuel licenciement. Il lui fallait faire vite.

C'est ainsi que lorsqu'il se rendit au bureau de Levasseur et qu'il n'y trouva aucun secrétaire pour l'accueillir, bien que la porte fut déverrouillée, il ne s'en étonna point. Il marcha à travers le hall, faisant entendre sa présence en espérant qu'il finisse par croiser un individu, une âme qui vive. Regardant sa montre, quelques minutes s'égrenèrent. Aucun bruit ne dérangea la mélodie régulière de ses propres pas. L'inspecteur comprit, à regret, que l'homme qu'il cherchait à rencontrer n'était pas présent.

Il se devait de repartir et de revenir plus tard. Cependant, le résultat de cette enquête était vital pour lui. Luttant contre sa morale, son corps s'avança vers la porte du bureau, se saisissant de la poignée. Il ne crochèterait pas la serrure, ne briserait pas le jeu de métal qui le gardait secret. Il essayait, c'était tout.

La porte s'ouvrit. Devant ses yeux, l'homme était là. Assis à son bureau, il fixait l'inspecteur d'un regard plein d'effroi. Son veston crème était assombri par la large tâche qui s'épanchait depuis son torse. Les secondes ralentirent la respiration de Guerchard, et suivirent la quiétude étrange d'une pluie écarlate qui chutait sur le tapis. Son propre cœur tambourinait, comme pour se prouver à lui-même qu'il était toujours vivant et ne partageait pas le funeste sort du macchabée.

— Nom de nom de… murmura-t-il, craignant de briser le repos de l'homme mort.

L'inspecteur Guerchard s'approcha à pas lents vers la victime, prudemment afin de ne détruire aucune preuve. Une odeur métallique, qu'il ne connaissait malheureusement que trop, le saisit et il dut se couvrir le nez avec un mouchoir, pour ne pas céder à la nausée. Quelle malchance terrible, qui arrivait à l'exact moment où il avait besoin de cet individu ! Après avoir jeté un regard curieux sur la poitrine, et sur ce qui semblait être une blessure par balle, il s'apprêtait à repartir prévenir ses collègues de cette fâcheuse découverte.

Un râle le fit sursauter. Ses yeux, déjà brouillés par une mort proche, se posèrent sur lui. La main, alanguie sur le bureau, tenta de le saisir, et de planter ses ongles dans le bras de Guerchard.

— Leroy…

Guerchard se précipita aux côtés du moribond.

— Restez en vie ! Dites-moi ce que vous savez ! s'écria-t-il.

— Les dossiers… Il a pris… Le coffre…

Les yeux perdirent leur concentration. Les contractions faibles de la main se turent, et le torse, dans un ultime sursaut, s'effondra avec la dernière expiration sur le bureau. Cette fois, Levasseur était définitivement passé là où nul ne pouvait le suivre. Mais il avait révélé une information importante à l'inspecteur, qui quitta les lieux avec une expression morne. Bien qu'il ne puisse pas le prouver, car les confessions fiévreuses entendues par

Guerchard seul ne pourraient jamais être suffisantes pour faire tomber un homme puissant, il avait appris plusieurs éléments très intéressants.

Déjà, le mystérieux individu qui était allé chercher le dépôt de Metzger à la banque ne se trouvait être nul autre que Lucien Levasseur, car les mots bredouillés par ce dernier allaient en ce sens. Deuxièmement, le coffre 11284 avait contenu des dossiers, dont la nature restait secrète.

Et finalement, Leroy l'avait-il assassiné par arme à feu dans le but de lui voler ces dossiers ? Ce qui signifiait qu'ils étaient peut-être actuellement en sa possession. Et si Guerchard avait découvert là une faille contre son supérieur ? Une vulnérabilité, afin de révéler quel odieux individu et maître chanteur il était.

La Cadillac se gara dans l'allée, après avoir fait le tour d'un massif de fleurs. Une dame au visage renfrogné et vêtue d'un tablier leva les yeux en direction des deux élégants gentilshommes qui sortaient du véhicule, avant de continuer à nettoyer les carreaux de l'immeuble. Situé dans un coin calme de Paris, l'endroit respirait la sérénité et l'humilité propre à ces appartements de célibataires sans histoires, et de ces familles qui ne se revendiquent d'aucune rivalité qui fait se mouvoir la société. Le bâtiment semblait n'avoir pour dogme que la tranquillité, la pierre salie par la pluie, et un toit bas. Tout cela laissait penser que les appartements étaient petits.

Les habitants choisissaient de vivre ici leur existence, sans se perdre dans l'ardeur et le désir de déposer une trace sur le monde.

— Excusez-moi, Madame…

La concierge essuya ses mains sur son tablier avant de se retourner vers le jeune homme.

— Que voulez-vous, Monsieur ? répondit-elle poliment.

— Est-ce qu'un certain Thomas Saurel vit ici ? Savez-vous s'il est chez lui aujourd'hui ? questionna Constantin.

La femme fronça ses sourcils gris avec méfiance avant de maugréer :

— Si vous êtes un prêteur sur gage, je vous jure…

Ce fut ainsi que Maxime Daspry entra en scène, avec le plus charmant des sourires.

— Nous sommes antiquaires, chère Madame. Nous avons été informés que Monsieur Saurel possédait un objet qui nous intéresse pour nos magasins, et nous souhaiterions le lui acheter à prix conséquent. N'est-ce pas une bonne nouvelle ?

— Oh, une excellente nouvelle ! répéta-t-elle, se détendant en apprenant que ces deux inconnus étaient tout ce qu'il y avait de plus respectable. Ce sacré garnement ne m'a pas payé de loyers depuis deux mois. Il va enfin pouvoir me rembourser.

— Désolés… Auriez-vous l'amabilité tout de même de nous indiquer où se trouve son logis ?

La concierge pointa du doigt une fenêtre, au second étage de l'immeuble. La lumière d'une bougie qui finissait de se consumer lentement était visible derrière une paire de rideaux blancs. Certainement, on avait oublié de l'éteindre lorsque le soleil s'était levé, ou alors, le locataire était occupé à une tâche minutieuse qui exigeait un éclairage supplémentaire.

Avant que Maxime ne puisse remercier la dame pour son aide, elle avait déjà repris son labeur.

— Allons-y, patron, murmura Constantin.

— Comment se fait-il que tu n'étais pas certain qu'il vivait ici ?

— Hé bien, c'est-à-dire… Je craignais qu'il n'eût encore déménagé afin d'échapper à ses usuriers.

— Quel personnage tout à fait charmant me décris-tu là ! ironisa le gentleman-cambrioleur. Laisse-moi parler en premier, tu sais que j'adore réussir mes entrées.

C'est ainsi que les deux hommes traversèrent rapidement la cour pavée, s'engagèrent dans le hall et montèrent les escaliers jusqu'au moment où ils atteignirent un long couloir. Deux portes se faisaient face. Celle de droite menait à l'appartement qui avait vue sur l'extérieur, tandis qu'à peine étouffé par l'autre, on pouvait écouter quelqu'un siffloter. Maxime arrangea son col, avant de frapper trois fois, Constantin restant quelques pas derrière lui.

— Un instant ! une voix répondit.

Des bruits précipités se firent entendre, ainsi qu'un son qui ressemblait à un tiroir que l'on verrouille, et après quelques minutes, la clé se mouva dans la serrure, permettant à la porte de s'entrouvrir. L'espace était limité par l'entrebâilleur, et à travers celui-ci, le visage de Thomas Saurel apparut.

— Vous souvenez-vous de moi ou pensez-vous que je viens également pour vos impayés de loyers ? plaisanta Daspry avec une pointe d'humeur.

Le front se plissa pendant un instant, avant de se détendre quand le locataire se rappela l'élégant gentleman qu'il avait rencontré chez Constantin. D'ailleurs, il remarqua ce dernier lorsqu'il se décala, afin d'être aperçu dans l'ouverture de la porte. Il leva la main pour saluer son ami.

— Ça alors ! Monsieur Daspry ! Constantin ! Mais, que faites-vous ici ? Est-ce que tout va bien ? C'est un grand plaisir de vous revoir.

— Tout va bien, mais je crains que cette tête en l'air de Constantin vous ait fait un cadeau un petit peu précipité. Pouvons-nous discuter de ceci à l'intérieur, ou sommes-nous condamnés à rester au seuil de votre logis ?

— Bien sûr, évidemment. Donnez-moi un instant.

Thomas referma la porte, afin de pouvoir défaire la chaîne argentée de l'entrebâilleur et laisser entrer ses visiteurs. Arsène jeta un regard vers Constantin avant de s'engager dans l'appartement.

Un étroit couloir guidait vers un salon, où deux fauteuils rapiécés prenaient la majorité de la place. Cela rendait les lieux encore plus petits qu'ils n'étaient, alourdissant le décor, mais l'endroit possédait malgré tout le charme émouvant de l'authenticité.

— Je suis désolé de venir de façon impromptue, Thomas… s'excusa Constantin timidement.

— Non, pas du tout ! Asseyez-vous, prenez vos aises sur les fauteuils. Donnez-moi un instant, je vais me chercher une chaise. Souhaitez-vous une tasse de thé ? demanda-t-il en se tournant vers les deux hommes, la moitié de son corps déjà engagé vers la cuisine.

— Merci, mais ça ira. Nous n'allons pas rester longtemps, nous sommes venus pour une affaire précise, annonça Daspry.

— Très bien, je vous écoute. De quoi s'agit-il ?

— Vous possédez un objet que j'ai besoin de récupérer.

Daspry se retourna vers Constantin, lui faisant signe d'expliquer. Il était, après tout, à l'origine de cette visite.

— Te souviens-tu de la jolie petite pipe que je t'ai offerte ? Comme elle te plaisait, je n'ai pas hésité à te la donner, mais… voilà. Je ne peux pas t'en dire beaucoup plus, nous sommes là pour la reprendre. Il est nécessaire que tu me la restitues. S'il te plaît, fais-moi confiance, c'est très important.

— Je vous l'achète. Au prix de deux loyers. Cela me semble convenable pour un simple objet de décoration, conclut le gentleman-cambrioleur.

Thomas se figea, surpris par la proposition.

— C'est-à-dire que si je le pouvais je n'hésiterais pas… C'est impossible, toutefois.

— Comment, impossible ? Expliquez-vous ! s'impatienta Daspry. Ne me dites pas que vous l'avez offerte à quelqu'un !

— Non, ce n'est pas ça, mais…

— Que se passe-t-il ? Merci de terminer votre phrase !

— Je ne l'ai plus.

Daspry resta calme. On pouvait ressentir dans sa respiration une lassitude, en songeant que les regrets sont inutiles. Les erreurs n'étant pas réparées par des lamentations et des geignements, il questionna avec une intonation irritée :

— Où se trouve-t-elle ?

— Chez un prêteur sur gages. Comme vous avez pu le constater, j'ai des difficultés à avoir une indépendance financière, et je n'aurais pas vendu le cadeau de Constantin si ça ne m'avait pas été absolument nécessaire. Je suis vraiment désolé, avoua-t-il dans un soupir, regardant son ami qui lui offrait un sourire compréhensif.

— Dans ce cas, il ne reste plus qu'à espérer que cet individu n'ait pas déjà trouvé un acheteur, ajouta Daspry, en marchant d'un pas décidé vers la porte.

— Mais Monsieur, il n'a pas pu la vendre. Pas avant un an, c'est la condition. Elle est déposée contre de l'argent et si je ne rembourse pas la somme qu'il m'a prêté en échange, il pourra en disposer.

— Merveilleux. Je suppose que ça signifie que nous avons un nouveau passager dans la Cadillac. Monsieur Saurel, veuillez bien venir avec nous afin que nous allions récupérer cette maudite pipe !

— Avec plaisir. Accordez-moi quelques instants, le temps de m'apprêter et…

— Je vous ai prodigué assez d'instants comme ça. En route ! s'exclama Daspry.

Avant de retourner au commissariat, l'inspecteur avait passé un appel anonyme afin de prévenir ses collègues de l'horrible dénouement de l'existence de Lucien Levasseur. Il s'était bien gardé de faire l'erreur d'avouer sa présence sur place. Dernière personne a l'avoir vu vivant, il devenait par conséquent le principal suspect, tandis que transmettre l'information anonymement en masquant sa voix, le préservait de tels ennuis. Ainsi, le supérieur de la police donna l'ordre à plusieurs de ses hommes de se rendre sur les lieux afin d'investiguer sur le meurtre. Guerchard ne fit pas le déplacement, se justifiant avec des documents qu'il devait impérativement terminer. Il n'avait pas le cœur à retourner là-bas. De plus, il se doutait qu'il ne serait pas utile sur place, il avait déjà inspecté le bureau et n'avait rien trouvé de concluant à première vue, et, quels que fussent les résultats d'une recherche poussée, il serait informé en priorité, car il s'en était assuré auprès du plus loyal de ses hommes, Perrin. Ce dernier, recrue récente, s'était avéré ne pas être l'esprit le plus affûté, mais cela n'empêchait pas qu'il possédait un dévouement sans égal, dédié à l'inspecteur.

Assis à son bureau, Guerchard ne cessait d'ouvrir et de fermer son tiroir avec une grande nervosité. Son unique témoin est mort. La seule piste qui semblait prometteuse disparaissait. Et certes, il y avait bien d'autres noms dans ce registre de banque, mais il était très improbable que les clients se connaissent entre eux, et il le savait, le directeur de l'établissement ne confesserait rien. L'inspecteur était perdu, détenant dans sa mémoire le témoignage murmuré par un moribond, et incapable de prouver les malversations que son supérieur avait commises.

Son fil de pensée fut interrompu par le son distinct de quelqu'un frappant à la porte du bureau. Avant qu'il ne puisse répondre, on fit jouer la poignée, entrant sans son autorisation. Il n'eut pas le temps de faire une remontrance au malotru qui osait agir de la sorte, car déjà, il entendit la voix de Leroy l'interjetant :

— Je peux constater que vous êtes en train de vous tuer à la tâche, le ton était badin. Terrifiant, compte tenu des circonstances que les deux hommes connaissaient. Le secret qui les unissait était inconfortable comme suspendu à un fil au-dessus de leurs existences. Guerchard en était persuadé, son comportement avait révélé à son supérieur qu'il le soupçonnait.

— Que faites-vous ici ? bougonna l'inspecteur, se redressant dans son fauteuil.

— Je tenais à venir vous informer que je n'ai plus besoin de votre aimable aide avec un certain coffre. En ce qui concerne votre carrière, soyez rassuré. Elle ne sera pas en danger tant que vous oublierez la petite faveur que j'ai eu la faiblesse de vous demander.

— Quelle faveur ? réplique Guerchard avec sarcasme. Son regard ne quittait pas le visage victorieux de Leroy. Il savait que ce dernier était coupable, il le sentait au plus profond de son être. Et il était incapable de le prouver.

— Exactement l'attitude dont j'ai besoin, dans mes équipes. Cependant, vous êtes sur une pente glissante et n'osez pas imaginer que je ne vous garderais pas à l'œil désormais. Je n'ai aucune confiance en ce mystérieux informateur anonyme qui découvre un cadavre.

— C'est pourtant ce qui… essaya-t-il de convaincre.

— Je suis persuadé que si je le désirais réellement, je pourrais trouver un témoin qui prouverait qu'un certain inspecteur était présent sur les lieux à l'instant du drame.

— Seriez-vous en train d'insinuer… ? dit Guerchard en bondissant hors de son fauteuil, la moustache frémissante sous l'abjecte accusation.

— Vous ne seriez ni le premier, ni le dernier policier corrompu de ce pays, mon cher, dit Leroy avec une affabilité dégoulinante d'une dégoûtante douceur.

— Je n'ai pas tué Levasseur ! Vous…

— Allons, donc. Taisez-vous, avant que vous ne prononciez des mots que vous regretteriez. Et veuillez vous rasseoir.

Comme frappé par la fatalité, l'inspecteur obéit.

— Vous voyez ? Ce n'est pas difficile. Fermez à la fois vos yeux et votre bouche, ne vous mêlez plus d'histoires qui vous dépassent, et il ne vous arrivera rien. Je ne comprends pas comment vous avez pu remonter jusqu'à Levasseur, mais vous feriez mieux d'oublier ce nom.

— Je vous hais, murmura-t-il entre ses dents, ses doigts se crispèrent en entendant les propos de cet horrible individu.

— Haïssez-moi, mon cher, haïssez-moi. Mais surtout, faites-le en silence, Leroy tapota l'épaule de l'inspecteur, et se dirigea vers la porte.

Avant de sortir, il eut une dernière provocation :

— Souriez.

Et Guerchard obéit.

Il lui sourit, d'une expression frustrée, montrant ses dents pour mieux le narguer. Il entendit le rire de son supérieur quittant la pièce, il ne put reprendre son calme qu'une fois avoir jeté au sol, dans un excès de rage, tous les dossiers empilés sur son bureau. Jamais de sa vie, il ne s'était senti aussi humilié.

Il ne savait pas combien de temps s'était écoulé lorsque Perrin frappa à sa porte. Il n'avait toujours pas terminé de ramasser les documents qu'il avait jetés avec rage sur le parquet. Sa crise de nerfs ne lui avait donné en définitive que du travail supplémentaire, mais n'avait pas effacé la situation à laquelle il se devait de faire face, malgré les sentiments de culpabilités et de honte. Des déceptions, des sourires forcés, et le déshonneur de ne pouvoir livrer à la justice le criminel à l'origine d'une telle ignominie.

— Entrez ! cria-t-il, sans lever la tête de ses nombreux rapports. Que voulez-vous, donc, Perrin ?

L'homme osa à peine approcher. Il apportait de mauvaises nouvelles et l'inspecteur ne semblait pas en état de les écouter. Il devait les lui dire, cependant.

— L'enquête ne nous appartient plus.

— Quoi ?

— Monsieur Leroy a dit qu'il allait mettre une autre division dessus.

— Avez-vous au moins pu obtenir des informations ? Glaner des indices ?

— Hé bien, j'ai appris que la victime était morte suite à un coup de feu. Un tiroir semble avoir été forcé, comme si l'on avait volé quelque chose. La secrétaire est introuvable.

— Magnifique. Vous pouvez disposer.

L'inspecteur enfonça sa tête entre ses mains. Les circonstances s'acharnaient contre lui, il fallait qu'il abandonne. Il n'y avait plus rien qu'il ne pouvait faire, il devait se plier à son destin. Levasseur mort, Metzger mort aussi, ses pistes s'étaient asséchées. Et puis, soudainement, les idées se connectèrent. L'ensemble des éléments s'étalèrent sous les yeux de Guerchard et l'espace d'un instant, il reprit espoir.

Son supérieur ne savait pas comment l'inspecteur avait découvert l'existence de Lucien Levasseur, car ce dernier n'avait pas connaissance de la présence d'un coffre à son nom à la banque Schneider. Il n'était au courant que du dépôt de Metzger, de la boîte qui l'intéressait. Mais les coïncidences avaient poussé Levasseur à posséder également un numéro à cette même banque.

Que contenait donc ce mystérieux coffre ? Guerchard n'en avait aucune idée, mais il sentait que c'était sa dernière carte à jouer.

Et il la jouerait.

— Que désirez-vous, Messieurs ?

La boutique du prêteur sur gages était située sur une grande artère de la ville. Les locaux étaient spacieux, mais ils semblaient visiblement plus petits quand on y entrait, vu l'entassement de biens. On y découvrait des objets de toutes sortes, certains n'avaient guère de valeur et d'autres certainement déposé par des personnes aux patrimoines immobiliers importants, qui avaient eu besoin d'une liquidité d'argent urgemment. En professionnel, Daspry ne put s'empêcher de s'intéresser à des bijoux exposés sur des coussins de velours. Il y avait là des chaînes d'or d'une piètre qualité, mais également une broche du plus bel effet, avec un véritable diamant rose en son centre. Une partie de son imagination osa inventer un passé à ce bijou. Sur le poitrail de quelle duchesse s'était-il posé ? Peut-être serait-elle tombée dans la misère pour se voir obligée de s'en séparer ? Ou bien, s'agissait-il du cadeau d'un mari peu aimant, tentant de se faire pardonner ses errances ?

— Nous venons récupérer un objet que Monsieur Saurel, ici présent, vous a déposé récemment, dit Maxime Daspry, en le désignant.

— En effet, oui ! Je reconnais Monsieur Saurel. Il est un, uhm, un visiteur très régulier, répondit le propriétaire des lieux derrière un épais comptoir. Une paire de lorgnons était à cheval sur son nez long et maigre.

— Je me doute. Quelle fut la somme que vous lui aviez offerte pour la pipe ? Je la rachète…

— Je ne crains que…, commença à dire le prêteur sur gage.

— Ah, ne vous y mettez pas vous aussi ! Je vous jure que si vous me dites que vous n'avez plus cette pipe, je fais un malheur ! s'énerva Daspry, irrité de cette quête qui ne semblait pas finir.

— Non ! Non, j'allais simplement vous prévenir que je dois tout d'abord avoir l'accord de Monsieur Saurel pour vous la remettre. Vous comprenez, c'est la loi, nous devons annuler notre contrat de dépôt.

— Alors, demandez-lui. Et dites-moi donc votre prix pour cette broche.

— C'est que… Vos amis sont partis, Monsieur.

Daspry se retourna pour constater ce que l'homme lui avait déjà annoncé. Constantin et Thomas n'étaient plus dans la boutique.

— Veuillez m'excuser, je vais les chercher ! dit-il au prêteur sur gages.

Il se dirigea rapidement vers la sortie.

— Où êtes-vous encore passés, imbéciles ?

— Patron ! Patron, regardez ! s'écria Constantin, qui tenait entre ses mains l'édition du soir de l'Écho de France, et le secouait énergiquement. C'est horrible, lisez donc !

— Rentrez immédiatement ! Ce n'est pas le moment de s'attarder sur les actualités, nous devons récupérer cette pipe. Thomas, allez de ce pas signer les formulaires que l'on vous présentera, je vous rejoins pour le paiement.

Ce dernier jeta un regard à Constantin, qui lui répondit avec un hochement de tête, de telle sorte qu'il rentra effectivement dans la boutique, et laissa les deux hommes seuls.— Lisez donc ceci, patron. Je vous promets que c'est important. Le monsieur chez qui vous aviez apporté ces plans. Il est mort ! Et il y a pire. L'inspecteur Guerchard est en prison pour son meurtre ! En attente de son procès !

— Donne-moi ça, demanda Daspry après s'être adouci.

Il s'appuya contre le mur de briques, ses yeux se mouvant rapidement de gauche à droite sur l'article du journal en cause, tandis que Constantin frottait nerveusement ses mains l'une contre l'autre. Après quelques minutes, il questionna :

— Qu'en pensez-vous, patron ?

— Trois choses. Que Guerchard est innocent. Il ne tuerait pas. Certes, il est du mauvais côté de la loi… dit Arsène avec humour, avant de reprendre un air sérieux, rendant le journal à son juste propriétaire. Mais je sais qu'il ne se salirait pas les mains. Deuxièmement, nous ne pouvons pas laisser cette situation arriver sans réagir. Le gentleman-cambrioleur ne peut pas tolérer qu'un vieil ami se désagrège dans une cellule.

— Et la troisième chose à laquelle vous pensez, patron ?

— Que tu es inconscient, Constantin. Ton cher Thomas était présent, il t'a vu t'émouvoir de cet article, et de là, il peut se demander qui je suis réellement.

— Ah. À ce propos, patron…

La force, l'autorité du regard que le jeune homme reçut le fit frissonner. Il ressentit une vague nausée, un inconfort dans sa poitrine, qui n'était dû qu'au poids de sa propre culpabilité.

Sans que les mots ne soient encore confirmés, il comprenait que son patron se doutait de ce qu'il s'apprêtait à avouer. Et l'idée même qu'il puisse perdre la confiance de cet extraordinaire aventurier lui était insupportable.

— Parle-moi, insista Arsène, avec une voix calme et ferme.

— Je lui ai dit. Thomas le sait.

D'épais nuages sombres avaient commencé à se former au-dessus d'eux, mais ils ne pouvaient pas rentrer et se mettre à l'abri de l'averse qui approchait tant que cette histoire ne serait pas résolue. C'était entre eux, la blessure d'une trahison qui ne concernait ni Saurel ni le prêteur sur gages.

— Tu as toujours été fier de ta loyauté envers moi. Alors, pourquoi ? Pour quelles raisons as-tu abusé de ma confiance ?

C'était pire que des reproches. Arsène était déçu.

— Parce que… balbutia-t-il en réponse.

— Était-ce pour de l'argent ? Par vengeance, ou par jalousie ? Si la vie que tu mènes ne te satisfait pas, si tu ne souhaites plus travailler pour moi, il suffisait que tu me le dises. Si tu avais des problèmes, il suffisait que tu m'en parles. Qu'importe, le mal est fait.

Les premières gouttes de pluie tombèrent sur les pavés de la rue, et le gentleman-cambrioleur se tourna vers la porte, la main prête à saisir la poignée, clôturant la conversation.

— Patron, attendez ! Ce n'est aucune de ces choses ! s'exclama Constantin.

L'idée de terminer cette discussion sur cette amertume lui était insupportable.

— Il l'a découvert ! Il a bien été obligé de comprendre, patron. Je disparaissais, et le lendemain, les journaux vantaient vos exploits. À chaque cambriolage où je vous accompagnais… Alors, quand il m'a posé la question, je ne lui ai pas menti !

— Tu aurais dû ! C'est exactement ce que tu es supposé faire, Constantin. Mentir ! Crois-tu que je serais resté libre tant d'années si j'avais révélé mon identité ?

— Mais vous la révélez ! Aux femmes que vous aimez, aux policiers parfois, pour vous amuser !

— Et je choisis ces gens. Tu n'es pas le premier à me trahir, mais tu es certainement celui qui m'aura le plus déçu. La discussion est close. Va attendre dans la voiture. Tu resteras mon chauffeur jusqu'à la fin de la semaine, et puis tu seras libéré de tes obligations à mon égard.

— Non ! protesta Constantin, les joues rougissantes sous les émotions. Je comprends que vous ne faites confiance à personne, mais…

— Je te faisais confiance.

Le jeune homme laissa choir le journal sous le choc. Son patron rentra dans la boutique, sans hésitation, sans même un dernier regard qui pourrait attester que leur amitié n'était pas définitivement éteinte. Son cœur se serra, sa gorge l'étrangla et tout son être souhaitait obtenir une seconde chance… mais il savait que c'était peine perdue. Le gentleman cambrioleur n'allait pas lui accorder sa confiance de nouveau. La bruine était rapidement changée en averse, et le froid lui mordit l'âme, anesthésiant un peu sa douleur.

Le regard de Constantin s'égara sur les feuilles du journal dans le caniveau et l'encre qui s'effaçait. Cependant, on pouvait toujours lire l'article :

'Drame et corruption au cœur de la police française.

Nous venons d'apprendre à travers nos sources que l'inspecteur Guerchard, connu pour chasser le cambrioleur Arsène Lupin depuis des années, a été arrêté cette après-midi. Il est suspecté d'avoir assassiné un homme, Lucien Levasseur, à son domicile hier matin. Son supérieur hiérarchique, Eugène Leroy, affirme avoir reçu la visite de l'inspecteur peu de temps après la découverte du corps, afin de confesser son acte terrible, pour lequel il risque la peine de mort. Nul ne sait encore quel motif aurait pu pousser un fonctionnaire de la justice à commettre un tel crime, mais la piste la plus probable reste celle de la corruption, abominable fléau qui touche désormais jusqu'à notre police.

Notre journal vous informera dès que du nouveau sur cette affaire nous parviendra.'

— Prisonnier Roger Guerchard. Veuillez vous approcher de la porte.

L'inspecteur était appuyé contre le mur qui le séparait du monde extérieur, observant la cour depuis sa fenêtre. Entre les barreaux, il pouvait regarder les autres détenus profitant de leur promenade. Après l'averse qui était tombée sur Paris, les rayons de soleil de cette matinée réchauffaient l'atmosphère. Le pavé luisait, et les rues, si l'on avait pu les contempler depuis le ciel, étaient semblables à des poissons d'argent. Guerchard ne pouvait pas savourer cette belle journée. Il avait été décidé au sein du pénitencier qu'avec son statut de policier, il ne pouvait pas se permettre de se mêler aux autres prisonniers, pour sa propre sécurité. Il était donc placé en isolement, et après une nuit entière dans ce cachot, l'inspecteur commençait à craindre de passer même une journée supplémentaire en ce lieu. Il deviendrait fou, d'ennui, d'inconfort et surtout, il ne cessait de penser à sa tendre épouse Honorine.

— Allez au diable, murmura-t-il pour lui seul, avant de se décaler, afin d'être visible à travers l'œilleton de l'épaisse porte de fer. Tout ce que lui-même pouvait percevoir était une paire de sourcils gris dense et deux yeux rougis et fatigués.

— Il va falloir me suivre, annonça le surveillant tandis qu'il déverrouillait la serrure. Soyez gentil, c'est pour votre bien.

— Laissez-moi rejoindre mon épouse et quitter cet affreux endroit. Je suis inspecteur de police, fonctionnaire de la justice, protecteur de la loi. Je suis innocent ! Je ne devrais pas être dans une cellule.

— Ah, ça, ce n'est point mon affaire ! Je ne fais que mon travail ! protesta le garde, ouvrant la porte et tenant entre ses mains une paire de menottes. Vos poignets, je vous prie. Inutile de résister, c'est une obligation que vous les portiez.

— Faites donc, allez-y, dit Guerchard, offrant ses bras, se forçant à demeurer calme.

Tandis que le surveillant refermait les bracelets de fer, l'inspecteur questionna avec espoir :

— Est-ce que je reçois une visite ? Est-ce la raison pour laquelle vous me sortez de cette affreuse pièce ?

— Ah, non. Ce n'est que pour une consultation de routine à l'infirmerie. C'est obligatoire.

— Je vois, répliqua-t-il, masquant à peine sa déception.

— C'est pour éviter que les prisonniers s'infectent les uns les autres avec un étrange mal qui les rend fous, Monsieur.

— C'est vraiment une honte de constater que des hommes vivent dans des conditions telles qu'ils se contaminent entre eux ! se scandalisa l'inspecteur.

— Ah, ne m'en parlez pas. Et une fois qu'ils sont touchés, il est impossible de les guérir.

— Mais c'est dramatique ! Quels sont les symptômes ?

— Toute la nuit, on peut les entendre répéter '*Le bateau ivre*' et '*Il faut que le poète*'. Vous n'imaginez pas comme c'est terrible ! Après avoir été mordu par la littérature, on ne peut plus s'en séparer, conclut le garde.

Avant que Guerchard ne puisse lui demander de plus amples explications, il lui fit signe de le suivre, le guidant par le bras hors de la cellule. Le surveillant était un homme d'une cinquantaine d'années qui possédait d'épaisses rides sur le front et des yeux qui donnaient l'impression de plisser, à moins que ce ne fût une myopie qui causait chez lui cette habitude. Rapidement, ils quittèrent le quartier d'isolement, où aucun fonctionnaire ne faisait leurs rondes.

— Est-ce normal ? J'imaginais une prison beaucoup mieux surveillée, questionna l'inspecteur.

— Peut-être qu'il y a une bagarre à l'extérieur. Entendez-vous ?

Effectivement, lorsque le garde le lui signala, Guerchard ne put se concentrer que sur les bruits provenant, non pas de la cour intérieure de l'établissement pénitentiaire, mais de l'extérieur de celle-ci. Un autre employé se dirigea en courant vers eux :

— Hey, vous ? Que faites-vous avec le prisonnier ?

— Je l'amène en sécurité. Il tentait de s'échapper lui aussi, répondit le surveillant, désignant les menottes que l'inspecteur portait. Je vous rejoins dès que je le peux.

— Je n'arrive pas à croire que quelqu'un ait réussi à jeter une corde au-dessus du mur de la cour ! Quel genre d'inconscient fait ça ?

— Peut-être cherchait-il à faire s'évader quelqu'un de particulier ? suggéra-t-il dans une intonation monotone.

— Ouais, hé bien, le quartier est cerné, le commissariat a été prévenu. Personne ne s'échappera aujourd'hui. Dépêche-toi, pas le temps de digresser, annonça le second garde, avant de disparaître à l'embranchement de deux couloirs.

Guerchard lutta faiblement contre les bracelets de fer, comprenant dans ses tripes que l'individu qui le tenait fermement, et le poussait dans un cagibi ne travaillait absolument pas en tant que surveillant. La terreur prit le pas sur les autres émotions, s'imaginant déjà subir un sort similaire à celui de Levasseur. Son supérieur avait envoyé cet homme de main pour se débarrasser définitivement de l'inspecteur.

— Lâchez-moi ! Je ne veux pas mourir ! J'ai une femme, arrêtez ! cria-t-il en se débattant avec désespoir.

Jamais il ne fut plus heureux d'entendre cette voix que lorsque le garde lui répondit avec un air taquin :

— Allons, calme-toi, mon petit Roger.

— Lup-… Lupin ? bégaya-t-il, stupéfait et incrédule, regardant le mystérieux homme le défaire de ses menottes.

— Oui Roger, je suis bien Lupin. Entre là-dedans, bougre d'imbécile. Il y a un costume parfaitement respectable pour toi à l'intérieur, expliqua-t-il avec une certaine amitié. Même si la tenue de bagnard te sied. N'est-ce pas amusant ? Le policier est en prison, et le libre cambrioleur vient à sa rescousse.

En effet, il y avait des vêtements neufs dans le cagibi, afin que Guerchard puisse passer inaperçu. Tandis qu'il se changeait rapidement, trop surpris pour protester ou tenter de comprendre la situation, le gentleman-cambrioleur faisait le guet dans le couloir. En quelques minutes, l'inspecteur ressemblait à n'importe quel surveillant.

— Je suis prêt. Qu'allons-nous faire, maintenant ? Si le quartier est cerné, nous sommes fichus…

— C'est moi qui ai organisé cette diversion, nous ne risquons rien. À part l'ennui d'un plan trop parfait, évidemment.

— Je ne suis enfermé que depuis une nuit ! Comment as-tu pu inventer un stratagème aussi rapidement ?

Un rire taquin s'échappa des lèvres de Lupin.

— Sache, cher policier, que je possède plusieurs plans afin d'entrer, et surtout de sortir de prison quand j'en ai le caprice. Et cette idée est très simple, comme toutes les idées réussies. Tandis que toutes les forces sont tournées vers la cour, nous allons nous évader par l'entrée principale, située à son opposé.

— L'entrée principale ! Pourquoi pas une porte de service discrète, plutôt ?

— Lupin ne s'échappe pas comme un rat. Maintenant, mon petit Roger, suis-moi et raconte-moi comment un symbole de probité tel que toi a pu se retrouver envoyé ici comme n'importe quel criminel.

Les craintes de l'inspecteur avaient fondu. Sa peur de mourir, de ne jamais quitter cette affreuse cellule avait disparu lorsqu'il comprit que l'homme qui s'était posé en tant qu'allié n'était autre que le gentleman-cambrioleur.

Son égo hurlerait après ce sauvetage, certes, mais à l'heure des choix qui importent, il ne s'imaginait pas refuser l'aide offerte. Maintenant, il pouvait le voir. Le visage était abîmé, la nuque enfoncée, mais les yeux étaient brillants, avec l'énergie, la détermination et la légèreté qui étaient propres à lui seul, Arsène Lupin.

— Une carte que j'ai mal jouée.

— Et l'autre joueur avait une Quinte Flush Royal, apparemment. On arrive. N'oublie pas, tu es ce que tu sembles être. L'attitude est tout, prévient-il, alors qu'ils approchèrent de la porte principale.

Deux policiers attendaient, assis derrière leurs bureaux. Arsène les salua avec un sourire, tandis que Guerchard peinait à suivre. Sa nervosité ne se fit pas ignorer des surveillants :

— Hey ! Vous ?! Ne bougez pas.

— Qu – moi ? sursauta Guerchard.

Avant qu'il ne puisse essayer de se justifier et d'empirer sa situation, Lupin intervint :

— Veuillez l'excuser, c'est son premier jour. On doit s'en aller, c'est vraiment urgent.

— Vous oui, lui non.

— Messieurs. Il y a des détenus dehors, qui vont à jamais nous échapper si moi et mon collègue n'allons pas prévenir la brigade. Pouvez-vous supporter sur votre conscience leurs potentiels crimes ?

Les deux surveillants derrière leur bureau se regardèrent quelques instants, avant que le grand ne fasse signe à l'autre d'ouvrir les portes. Finalement, le soleil frappa le visage de Guerchard. Cela ne faisait qu'une nuit qu'il avait passée dans le froid sordide et fade de la prison, mais respirer l'air libre lui semblait tout à fait exquis. Afin qu'il ne se fasse pas remarquer, les yeux peinant à rester ouvert à cause de la lumière soudaine, Lupin lui saisit l'avant-bras et le guida jusqu'à un véhicule, garé non loin. Il ne s'agissait pas de la Cadillac verte, mais de la Donnet Zedel qui avait causé tant de soucis à l'inspecteur.

— Ah, ça ! Quelle provocation, se plaignit-il, en montant sur le siège arrière.

— C'était un amusant petit tour que je t'ai joué, je l'avoue. J'ai payé les frais du garage, elle est de nouveau fonctionnelle.

— Pour combien de temps ? C'est un véritable tacot, pas vrai ? dit-il, en arrangeant son col, qui le grattait.

— Possible, mais notre évasion m'aura pardonné à tes yeux, j'espère. Constantin, démarre.

Le jeune homme ne répondit pas, silencieux, mais obéissant. Guerchard ne perçut pas la tension, et ajouta :

— Certes, je te pardonne. Mais seulement grâce à la satisfaction que tu m'as offerte aujourd'hui.

Arsène s'était penché vers le miroir installé à l'arrière du siège afin de retirer quelques artifices utilisés pour ce personnage, souhaitant recouvrir une identité plus flatteuse. Évidemment, il conservait suffisamment de modifications pour que l'inspecteur ne puisse pas le reconnaître.

— La satisfaction d'être libre après avoir connu la captivité, affirma Lupin.

— Non. Mon emprisonnement n'était qu'un prétexte pour te contacter, annonça avec fierté Guerchard, enorgueilli par son plan brillant.

Le cambrioleur se redressa immédiatement, s'exclamant, amusé par la situation :

— Comment, toi aussi ? Mais qu'avez-vous tous avec cette manie de vous jeter en prison pour me rencontrer ? Suis-je inaccessible au point que le seul chemin menant à ma personne est de traverser le Styx ? Suis-je Hadès ?

— Je ne comprends pas…

— Ne cherche pas, tu te fatiguerais les neurones pour rien. Nous allons pouvoir discuter de toute cette affaire compliquée et démêler la pelote d'intrigue devant une tasse de thé. Enfin, uniquement si ta chère et tendre épouse accepte de nous laisser rentrer.

— Roger ! Oh, n'es-tu donc pas fou ? s'exclama Honorine, le prenant dans ses bras dès qu'il eut traversé la pas de la porte. Je t'avais dit que c'était un affreux et terrible plan !

— Mais il a fonctionné, bougonna-t-il.

Ils s'enlacèrent durant quelques secondes avant qu'il ne se défasse des bras d'Honorine afin d'annoncer la présence de Lupin, visible dans l'embrasure.

— Il n'a pas pu résister, il devait jouer les héros.

— C'est un héros, montre un peu plus de respect, Roger ! reprocha-t-elle avec une gentille tapette sur son bras. Il t'a fait évader. Merci, Monsieur Lupin.

— Ce qui fait de moi un fugitif, se plaignit l'inspecteur, en s'asseyant avec un soupir dans son fauteuil favori.

Après avoir été invité à rentrer par Honorine, Lupin prit place sur le sofa, réajustant son veston. Elle revint quelques minutes après tenant un plateau où étaient posées les tasses, la théière, ainsi que du miel pour son époux. Guerchard était pensif, il commençait seulement à réaliser qu'il avait désormais une dette envers le gentleman-cambrioleur.

— Ne fais pas cette tête. Tu me connais, tu sais que ça me fait plaisir d'aider un ami, lui dit-il, en se penchant pour saisir sa tasse, remerciant Honorine avec un sourire.

— Je ne suis pas ton ami, brigand !

— Allez, allez. Pas de ça entre nous. Réellement, ça ne me dérange pas que tu sois policier. Tout le monde a des défauts !

Ça fit rire Honorine, donc Lupin se tourna vers elle.

— D'après ce que j'ai compris, il vous avait informé de son plan.

— De toute l'histoire, en réalité.

Elle interpella son mari, le sortant de ses pensées.

— Roger, souhaites-tu tout raconter ?

L'inspecteur lui fit signe que non, puis se leva afin d'aller fumer une cigarette en s'accoudant à la fenêtre, tournant le dos à la conversation, mais en écoutant malgré tout.

— Dites-moi tout, demanda Lupin.

— Tout a commencé lorsque Roger a été l'objet d'un horrible chantage par son supérieur Leroy. Il est revenu avec un registre, que j'ai d'ailleurs décodé… avoua-t-elle non sans fierté.

— C'est remarquable, Honorine. Vous êtes une femme avec beaucoup de ressources. Un instant, n'aurait-il pas été ramené de la banque Schneider ?

— Oui, en effet ! Comment l'avez-vous deviné ? Oh, Roger, il est vraiment extraordinaire.

— Pas dans le cas présent, non. Ce n'est qu'un hasard que Madame Fortune m'ait fait croiser la route de ce cher Guerchard.

Évidemment, il ne m'a pas reconnu, mais il m'a bousculé et a brisé mon monocle.

L'inspecteur se retourna, soudainement intéressé par la discussion :

— Comment ?! C'était toi, l'imposteur de la banque ? Celui qui a volé le coffre que j'étais venu chercher ! s'exclama-t-il avec colère.

— Roger ! Calme-toi, cesse donc de gesticuler ! Laisse Monsieur Lupin s'expliquer. Et éteins cette maudite cigarette si tu n'es plus à la fenêtre ! le réprimanda-t-elle.

Son mari écrasa son mégot dans un cendrier posé sur une haute commode, avant d'intervenir de nouveau :

— Est-ce que tu travailles pour Leroy, Lupin ?

— Non, je suis entré dans cette affaire par l'implication d'une autre personne. Ce coffre ne contenait pas ce que je pensais initialement, et j'ai…

Il but une gorgée de thé afin de préserver le suspens.

— Excellent, ce thé est succulent, ma chère Madame Guerchard.

— Lupin ! Dis-moi ! insista l'inspecteur avec vigueur, marchant dans la pièce tel un limier cherchant vainement une piste. Je m'arrache les cheveux sur cette histoire !

— Le coffre contenait des dossiers de nature militaire. J'ai pris le soin de les modifier, car je me refuse d'avoir sur la conscience le déclenchement d'une guerre. Cependant, je fus contraint par les circonstances de remettre ces dossiers à Levasseur.

— Et il est mort juste après.— Oui.

— Par quelqu'un qui souhaitait voler ces documents.

— En effet.

— Le directeur Leroy, conclut Guerchard.

— C'est ce qui semblerait. Puis, il t'a injustement accusé d'avoir tenté de lui avouer ce crime, afin de se débarrasser de toi. Ce qui t'a mené en détention provisoire, d'où je t'ai fait échapper.

— Pas exactement. Il préférait me garder sous ses ordres, mais avec Honorine, nous avons décidé que, uhm, tu étais notre meilleure chance. Donc je suis allé voir Leroy, je lui ai dit que la culpabilité était trop lourde à porter, et que si je n'étais pas arrêté, je révélerais tout.

— Tu as fait chanter un maître chanteur afin de te retrouver derrière les barreaux, reformula Lupin avec emphase. Je dois reconnaître que tout aurait été beaucoup plus simple si je t'avais laissé une adresse où me contacter. Malheureusement, je ne peux pas. Tu ne trouverais rien de mieux que d'utiliser cette information pour me chasser.

Il posa la tasse sur la table de nouveau, et croisa les bras sur sa poitrine.

— Maintenant, dis-moi en quoi je puis t'aider. Tu t'es donné tant de mal afin de m'avoir dans ton salon… Qu'est-ce qui te tracasse, mon petit Roger ?

— Il y a une piste. Un élément que Leroy ignore. Levasseur avait ouvert un compte à la banque Schneider, et je pense, même j'en ai la certitude, qu'un indice important doit s'y trouver, affirma-t-il.

— Ou un ensemble de bagues qui appartenaient à sa grand-mère. Tu ne peux pas être formel quant à son contenu, inspecteur, répondit le gentleman-cambrioleur sur un ton badin.

— Mon instinct me le dit.

— Ah ! Là, nous parlons ! s'exclama Lupin avec un sourire joyeux. L'instinct, l'intuition, c'est ce merveilleux don qui nous permet de ressentir la vérité. Certains refusent d'y croire, et ce sont les mêmes personnes qui croient aux coïncidences !

Il se leva, tel un acteur entrant sur scène. Cela fit briller le regard d'Honorine, alors il devint encore plus théâtral.

— Et à ceux-là, je leur dis. Vous ne connaissez rien à l'Aventure. Les pragmatiques sont des pessimistes, ils refusent d'ouvrir les yeux sur ce qui est beau et plaisant. Leurs calculs froids et raisonnables n'ont rien de véritablement réel dans ce monde prodigieusement chaotique. Ils ignorent tout, ce que c'est de vivre. L'Aventure, il n'y a que cela qui soit concret, et y croire, c'est déjà en faire partie. Dis-moi, mon petit Roger. Tu veux que je vole ce coffre pour toi, n'est-ce pas ?

— Oui, je… Je pensais…

— Qu'attendons-nous ? Vous allez voir, ça va être amusant !

À lueur faible d'un réverbère, des mains gantées examinèrent une pipe en nacre. À l'arrière du camion, il entendit vaguement les discussions du couple, ainsi que Constantin à sa gauche qui tapotait le volant nerveusement. Il n'y prêta pas grande attention, concentré sur le trésor entre ses doigts. S'était-il donné autant de peine pour un objet qui n'était que purement décoratif, ou était-il le réceptacle d'un secret, tel qu'il l'avait imaginé au départ ? Décidant qu'il s'y consacrerait plus tard, il la glissa dans une sacoche de cuir qu'il portait autour de la taille, avant de vérifier sa montre à gousset.

— Il est l'heure d'y aller, annonça-t-il, se retournant vers Roger et Honorine qui se tenaient la main. Guerchard, tu vois le sac sur le côté ? Celui avec la bandoulière. Saisis-t'en.

— Lorsque j'ai eu cette idée, j'imaginais plus que tu t'en occuperais, bandit. C'est ton domaine d'expertise. Je ne pensais pas que tu nous jetterais au milieu du champ de bataille.

— Que fais-tu des honnêtes jours de repos ? Des congés accordés aux braves ? Même Arsène Lupin a besoin d'une trêve. Allez, ne fait pas cette tête. Tout ce qui s'avérera nécessaire se trouve dans ce sac. Contente-toi d'écouter les conseils de ta brillante épouse et reviens avec ce coffre, apprenti cambrioleur ! répliqua-t-il avec amusement. Mais dépêchez-vous, et soyez silencieux. Vous ne voulez pas que le Cerbère se réveille, et vous surprenne en train de le dévaliser, n'est-ce pas ?

Guerchard bougonna et descendit du véhicule, avant d'aider son épouse à faire de même. Sa main droite se posa tendrement sur son dos, la guidant jusqu'à la banque qui était située sur la rue d'en face. Il s'agenouilla devant la porte afin de crocheter la serrure, ou du moins, essayer, pendant qu'Honorine tenait une lampe torche.

— Pourquoi vous leur avez dit cela, patron ? questionna Constantin afin de briser le silence qui se formait autour d'eux, dense et inconfortable. Vous avez envoyé au propriétaire une invitation pour une soirée tout frais payé à un cabaret. Il en rêvait, il ne reviendra pas avant l'aube. Monsieur et Madame Guerchard ne risquent rien.

— Bien sûr qu'ils ne s'exposent à aucun danger. Je ne les aurais jamais laissés cambrioler cette banque s'il y avait eu le moindre péril à craindre. Cependant, l'aventure est plus charmante, plus délicieuse, plus intense, lorsque l'on croit qu'on a tout perdre.

— Donc, vous avez fait ça uniquement pour les divertir.

— Ils garderont pour toujours le souvenir de cette odyssée partagée. De plus, ils pourront conserver la fierté d'être venu à bout des difficultés, par eux-mêmes. Non pas par Lupin, qui aurait tout résolu et leur aurait gâché le plaisir. Ah, regarde.

Honorine faisait signe à son mari de tenir la lampe torche, après une nouvelle tentative infructueuse de sa part. Elle se pencha, concentrée sur la serrure, et réussie à la faire jouer et l'ouvrir après quelques minutes.

Finalement, ils entrèrent dans la banque, disparaissant de l'horizon des deux individus assis dans la voiture.

— … Patron. À propos de mon licenciement, je… balbutia Constantin.

— Ne dis rien. J'ai beaucoup réfléchi à la question depuis.

Arsène se tourna vers le jeune homme, et le regarda droit dans les yeux, dans la pénombre.

— Je comprends.

— Et… et donc ? demanda-t-il fébrilement.

— Je comprends, répéta le gentleman-cambrioleur, sa voix s'adoucissant, avant qu'il ne rassure. Tout va bien. Évidemment que tout va bien. Je m'excuse de ma réaction, tu avais raison. Ton ami est quelqu'un de profondément bon. Ne crains plus rien pour ta place… Bien sûr, si tu désires toujours travailler pour moi.

— Oh, merci, patron, s'enthousiasma Constantin. Je ne veux être employé que par vous ! Tout me semblerait fade, désormais. Aucun poste de chauffeur ne m'apportera tant de merveilleuses et d'extraordinaires péripéties !

— Ah, fais attention. Tu parles comme quelqu'un qui est tombé amoureux de l'aventure, taquina Arsène. Que penserait ta mère ? Elle souhaitait que je te protège. Et te voilà, prêt à affronter les difficultés et les périls. On pourrait croire que tu es presque sorti de ton éternel état anxieux. Quelle imprudence !

— C'est-à-dire que… pas tout à fait. Pas encore, avoua le jeune homme timidement.

Arsène lui tapota l'épaule.

— Tu y arriveras, Constantin. Il y a bien moins à craindre dans ce monde que tu ne croies, et il te faut juste un peu plus de temps pour voir que les ombres qui t'apeurent ne sont que des reflets. Aucun fantôme n'erre dans la pénombre, déclama-t-il très métaphoriquement.

— Cependant, et si ces ombres étaient effectivement des fantômes ?

— Mon cher ami, je ne crois pas qu'il n'y ait aucun esprit-farceurs que tu ne saurais vaincre. Tu es suffisamment courageux, pour laisser la destinée venir à toi et lâcher-prise.

Le jeune homme prit une grande respiration, et pendant l'espace d'un instant, il aperçut le monde que le gentleman-cambrioleur décrivait. Pendant une seconde, ou même moins, ses yeux virent comme les siens, et il s'émerveilla de cette liberté dans sa poitrine, de cette réalité sous ses doigts. Cela disparut tout aussi vite, mais Constantin savait qu'un jour futur, proche peut-être, ce regard deviendrait le sien et ne le quitterait plus.

— Merci, patron. D'ailleurs, je voulais vous dire que…

Il fut coupé par un cri de femme, en provenance de la banque. Arsène sortit de la Donnet Zedel en un bond rapide, réagissant immédiatement à l'appel au secours.

— Reste ici ! ordonna-t-il, avant de se précipiter à l'intérieur.

Il avait visité la bâtisse Schneider en tant que Steffen Metzger, mais elle était différente dans l'obscurité. Elle devenait sinistre. Ses yeux clignèrent de nombreuses fois avant de s'accoutumer au manque de lumière. C'est uniquement grâce à cette adaptation qu'ils virent une vacillante flammèche tourner à droite, au fond du couloir qui menait aux coffres.

— Allons mon petit Arsène. Ne commence pas à avoir peur des fantômes toi aussi, se murmura-t-il, en se dirigeant lentement et silencieusement vers la source de la lueur.

Après une trentaine de pas, le mur se dérobait à sa droite, là où il avait vu l'étincelle orange s'en aller. Mais elle avait disparu complètement, avalée par l'escalier qui descendait. Lupin fut contraint de se diriger avec des précautions supplémentaires afin de ne pas trébucher. Puis, il fit face à une porte, repoussée, mais pas fermée.

Un air froid sortait de la pièce, et il entendit des voix à l'intérieur, ainsi qu'un étrange écho. Le gentleman-cambrioleur se pencha, et tenta d'obtenir une idée de la situation avant d'intervenir.

— Je sais qui vous êtes, mon petit Monsieur. On ne fait pas d'histoires, allez, on se met contre le mur. Vous aussi, ma petite dame !

aboya le propriétaire des lieux, en secouant un canif.

— On peut s'entendre. Je suis inspecteur de police, et je…

— Ah, mais je vous reconnais très bien. Vous vouliez le coffre de Metzger, et vous êtes partis avec mon registre. Me mentir, c'est une chose. Me voler, c'est autre chose. Vous n'allez pas aimer ce qui va suivre.

— Laissez mon mari vous expliquer !

— Toi, tu te tais ! cria le banquier en réponse.

— Je n'apprécie pas beaucoup la grossièreté dont vous faites preuve avec cette charmante dame, Monsieur, dit Arsène calmement, après s'être glissé dans le dos de l'horrible individu. Vous sentez cette pression contre votre colonne vertébrale ? C'est un revolver. Alors, vous feriez mieux de lâcher votre ridicule joujou et de présenter des excuses sincères.

— Ah, c'est pas trop tôt ! se plaignit Guerchard, en voyant Lupin.

Honorine, qui semblait moins perturbée par la situation que son époux, lui donnait un léger coup dans les côtes pour le disputer. Tous deux avaient le dos appuyé contre le mur de coffres, et ils faisaient face à la porte. Lupin était à moitié masqué par la stature du propriétaire des lieux, un homme grand et menaçant.

— Qu'est-ce que vous voulez, demanda celui-ci, en laissant tomber au sol son canif.

— Des excuses, tout d'abord. Des réponses ensuite, réclama Lupin.

— …je suis désolé, grommela-t-il.

Le gentleman-cambrioleur regarda Honorine, qui hocha la tête, se considérant satisfaite de la demande de pardon. Surtout, elle désirait quitter l'endroit aussi rapidement que possible.

— Bien. Ça fera l'affaire. Les réponses, maintenant. Sois gentil et donne à l'inspecteur le code du coffre de Lucien Levasseur.

— Le mort des journaux ? Attendez, est-ce que c'est le policier qui l'a tué, c'est ça ?

— Je n'ai tué personne ! s'insurgea Guerchard.

Arsène l'ignora et simplement répéta :
— Le code.

— Je vais vous le donner, d'accord. Je suppose que je n'aurais pas de problèmes avec un macchabée. Et puis, ça me fera de la place. C'est 172034.

— Mon petit Roger, à ton tour de jouer, dit Lupin avec une joie légère et enfantine. Pas de soucis à se débarrasser des affaires d'un mort, n'est-ce pas ? C'est pour cela que vous m'avez remis le coffre de Metzger. Vous avez reconnu que ce n'était pas lui qui vous avait rendu visite.

— C'était une espèce de dégénéré qui lui ressemblait énormément, mais ce n'était pas lui. Cet homme était trop stressé, toujours inquiet, tandis que l'autre avait une forte personnalité. Une grande autorité émanait de lui.

— Le dégénéré en question à un revolver chargé, prévient Arsène. Quel ami tu fais ! Trahissant la confiance qu'il avait eu l'amabilité de te porter. Dis-moi tout ce que tu sais sur lui, interrogea-t-il.

Guerchard entrait la combinaison du coffre, les doigts tremblant sous la pression.

— Pas grand-chose. C'était un industriel puissant, qui avait participé à l'élaboration de plans militaires. Lorsque le projet fut abouti, il fut pris de remords et refusa de laisser des données aussi sensibles être utilisées. Mais elles étaient également trop importantes pour qu'il puisse les détruire, alors, il a choisi de les déposer ici.

— Tu es très bien renseigné pour un simple gardien de clés.

— Au départ, j'avais eu idée de les revendre. Je les ai lus, trop compliqué pour moi. Et si je tiens une banque telle que celle-ci, ce n'est pas pour avoir des problèmes, vous comprenez. Je suis malhonnête, mais pas complètement fou.

Finalement, l'inspecteur avait réussi à extraire le dossier du coffre. Il l'agita, afin que Lupin le voie.

— Bien. Amène Honorine dehors. Je reste avec notre nouvel ami jusqu'à ce que vous soyez partis, lui dit-il.

Le couple se dépêcha de sortir. On entendit leurs pas dans les escaliers, la voix d'Honorine sans pouvoir en distinguer les mots, et finalement, plus rien, le silence. Arsène patienta quelques minutes supplémentaires afin qu'ils puissent atteindre la voiture avant d'ordonner au propriétaire des lieux :

— Les mains contre les coffres, regarde le mur. Compte jusqu'à cent avant de te retourner, ou sinon…

— D'accord, d'accord. J'ai compris. Si l'on me demande, à qui ai je eu l'honneur ce soir ?

— Arsène Lupin. Sens-toi libre de le répéter à tout vent, personne ne te croira.

— Arsène Lu-… Mais je pensais qu'il avait en horreur les armes ! protesta-t-il.

La seule réponse fut le rire qui s'éloignait, et il n'osa pas se retourner et désobéir à l'autorité de cet homme étrange.

— 1… 2… 3…

— Je croyais que Lupin avait les armes en horreur.

— Ah, tu ne vas pas t'y mettre aussi, mon petit Roger ! répondit le principal concerné.

Ils étaient de retour à l'appartement de l'inspecteur. Guerchard avait fait brûler quelques bûches dans la cheminée afin de pouvoir se réchauffer après leur aventure, tandis qu'Honorine ne cessait de rire, assise à côté de Constantin. Elle était absolument ravie de leur petite escapade, et ses cheveux dénoués, ses joues rougissantes sous l'exaltation que prodiguait l'adrénaline, étaient magnifiques. Le cœur d'esthète du cambrioleur s'émut de cette vision.

— Pas de ça avec moi. Tu tiens trop à ton image d'élégant coquin pour ainsi t'essayer à de telles vilenies.

— Il est vrai que les armes sont absolument vulgaires, mais tu étais, ainsi que ton épouse en danger. J'ai fait ce qui était nécessaire pour vous porter secours.

Après quelques instants, Guerchard secoua la tête.

— Je n'y crois pas. Tu n'avais pas pu prévoir ça, tu n'avais pas de revolver sur toi.

— Bien sûr que non ! Mais l'important, c'était qu'il le pense. En riant, Arsène sortit de sa sacoche la pipe de nacre.

— Tu l'as menacé avec une pipe ? s'écria l'inspecteur.

— Oui, n'est-ce pas tout à fait pittoresque ? badina le gentleman-cambrioleur avant de se tourner vers l'épais dossier sur la table. Est-ce que ton instinct avait raison ?

— J'ai peur de vérifier et de m'apercevoir que l'on a fait tout ça pour rien.

— C'est là où tu as tort, policier, Puis, il désigna Honorine. Ta délicieuse épouse est comblée, tu lui as offert l'excitation qui lui manquait. Ne vois-tu donc pas ? Elle rayonne ! Ça ne sera jamais un échec, car elle fut divertie par l'aventure. Et maintenant, va lire ce dossier.

L'inspecteur hocha la tête, s'asseyant à son bureau. Consciencieusement, il alluma sa lampe, déplaça ses papiers de la sorte qui lui convenait, lissant sa moustache. Ce rituel n'avait pour but que de se rassurer avant le moment de vérité.

— Honorine, le dossier, demanda-t-il.

Quand il ne reçut pas de réponse, il se retourna et la vit en train de le lire avec un large sourire de satisfaction.

— Regarde, Roger ! Là, il est marqué que Metzger fût assassiné par Leroy ! Il y a toutes les preuves. Il a certainement voulu faire disparaître tous les documents ! Par un miracle, Levasseur est entré en sa possession. Tu es sauvé ! C'est indiqué ici, l'arme utilisée est la même que dans le crime dont tu es accusé !

Est-ce que ça signifiait que c'était le dossier original qui contenait les résultats de l'enquête de police menée pour le meurtre de Metzger ? Ainsi, celui dont Levasseur s'était servi afin de faire chanter Léontine, la blâmant de ce crime, était falsifié. Qu'importait, à cet instant. L'inspecteur pourrait laver son nom de ce terrible affront.

Lupin fit signe à son chauffeur qu'il était temps de s'éclipser. L'air glacé de la nuit les mordit, mais ils pouvaient entendre les exclamations de joie en provenance du salon.

— Où as-tu garé la Cadillac ?

— À quelques rues de là, pour être plus discret, patron.

— Un instant !

Arsène se retourna en direction de l'appel de Guerchard qui courait vers lui. Une robe de chambre avait été posée sur ses épaules par Honorine, que l'on pouvait apercevoir derrière la fenêtre.

— Ne me dis pas que tu souhaites m'arrêter, pas après cette aventure ! Ça serait très peu sportif de ta part.

— Ne me tente pas, bandit, grommela l'inspecteur, avant de tendre sa main en direction du gentleman-cambrioleur. Devant sa surprise, il se justifia. C'est l'idée d'Honorine.

— Charmante, délicieuse Honorine. Peut-être que ça devrait être sa douce main que je serre…

— Ah, ne commence pas ! C'est la mienne, ou rien du tout.

— Hé bien, je ne vois aucun cambouis… Donc, aucune raison de refuser tes remerciements spontanés.

C'est ainsi que l'on pouvait assister à l'étrange et pittoresque spectacle d'un cambrioleur et d'un policier se serrant la main, debout au milieu de la route, en pleine nuit.

Le soleil d'une matinée radieuse illuminait l'appartement, entrant par les grandes fenêtres qui avaient été ouvertes. Le balcon n'était pas assez large pour s'y détendre, ce qui n'empêchait pas qu'on eût posé un fauteuil et une table afin que l'on puisse observer la rue depuis la chambre. D'épais rideaux à motifs géométriques étaient maintenus hors de la vue avec des crochets. Des passants se baladaient, profitant de la chaleur de cette fin de saison. Il y avait dans l'atmosphère une joie simple et insouciante, qui ne peut exister que si le monde est devenu effectivement un peu meilleur qu'il ne l'était. Ce qui était le cas.

— Viens donc écouter ça !

Lupin était assis dans le fauteuil, faisant face aux fenêtres. Il lisait les journaux du matin, tout en buvant son café, s'accordant un réveil lent et tranquille. Une semaine était déjà passée depuis le cambriolage de la banque Schneider, et les médias avaient gardé l'affaire sous silence, jusqu'à obtenir toutes les informations, et recevoir la permission officielle des autorités compétentes. Car, on ne pouvait décemment pas annoncer une corruption de cette ampleur sans être d'abord certain des éléments que Guerchard avait apportés.

— Oui, patron ? répondit Constantin, en entrant dans la pièce. Avez-vous besoin de quelque chose ? Dois-je rapporter du café ?

— Non, écoute ça, plutôt.

Le gentleman-cambrioleur énonça :

"Par le présent article, nous tenons à donner suite aux informations publiées il y a quelques jours dans cette même rubrique.

Une enquête a établi que l'inspecteur Guerchard ne fut accusé du meurtre de Lucien Levasseur que dans le cadre d'une couverture afin qu'il puisse se consacrer à la résolution de cet abominable crime.

Grâce à ses efforts et son dévouement, il est parvenu à obtenir des preuves confondantes envers le directeur de la Sûreté, Eugène Leroy, qui lieraient ce dernier à la fois au meurtre de Levasseur, et d'un industriel, décédé dans des circonstances douteuses.

Après une fouille dans son appartement, l'arme ayant servi lors du crime fut découverte, ainsi qu'un dossier qui aurait contenu des données à caractère sensible. Cependant, elles ont disparu, et à la place fut trouvé la présente missive :"

"Au lecteur de cette missive, bien qu'ayant été rendus inutilisables par mes soins, les plans que contenait ce dossier sont trop dangereux pour que je puisse prendre le risque de les laisser entre les mains avides des états. Une personne déterminée pourrait faire sens de quelques éléments inscrits, et s'en servir ou s'en inspirer afin de commettre le mal.

C'est pourquoi, moi, Arsène Lupin, j'ai pris soin de procéder à la soustraction de ces documents. Ils seront déjà brûlés à l'heure où vous lirez ces lignes.

Malgré tout, mon rôle ne fut que secondaire, comme fut celui de Leroy. Ne cherchez pas à croire que ce dernier agissait de sa propre initiative, car il y avait bien trop en jeu pour sa propre personne. Comment était-il au courant de l'existence de ces documents ? Cela me semble évident que des puissances supérieures l'en avaient informé.

L'inspecteur Guerchard fut preuve d'un courage incroyable dans cette enquête, et devrait recevoir des excuses publiques pour la façon dont il fut traité.

Tous deux, nous ne sommes que des gens qui avons fait notre devoir. La différence, c'est qu'il est un policier qui apporte les preuves, et que je suis un cambrioleur, qui fait disparaître les difficultés qui encombrent le chemin de la vérité.

Les rumeurs et les mauvais chercheront à le discréditer, mais sachez qu'il n'a jamais agi en connivence avec moi. Je n'ai suivi que ma conscience morale, et cette boussole merveilleuse nous guida vers le même destin.

Je profite de cette présente lettre pour signaler à Monsieur L. Roberts que sa collection de miniatures me plaît particulièrement, et que je souhaite procéder à son acquisition dans le mois qui va suivre. Comprenez que j'ai eu beaucoup de travail dernièrement, et ne peux décemment pas me rendre dans toutes les villas en même temps. N'en prenez point offense, vous recevrez ma visite dès que possible.

Avec mes salutations distinguées,
Arsène Lupin."

— Wow, bravo patron. Ça signifie que c'est terminé, alors ? Que Madame Léontine est en sécurité.

— Apparemment. Ce fut une belle aventure, n'est-ce pas ?

— En effet. Au fait, vous avez reçu ce pli. Comme vous étiez occupé à lire, je n'ai pas osé…

— Donne-le-moi, veux-tu ?

Lupin prit la petite enveloppe blanche, et se saisissant d'un ouvre-lettre, dont l'extrémité dorée avait la forme d'un canard, il en révéla le contenu. Un mot, inscrit avec délicatesse sur du papier libre, la promesse d'un charmant rendez-vous.

— Alors, patron ?

— Ce que tu es curieux, le réprimanda-t-il, en buvant la dernière gorgée de café. Va préparer la voiture, nous allons faire une petite promenade.

Le trajet jusqu'au parc fut silencieux. Le jeune homme n'osa pas poser de nouvelles questions, car il comprenait de quoi il s'agissait. D'ailleurs à l'entrée, confirmant ses soupçons, il aperçut une dame très élégante, qui fit leur signe alors qu'ils se garaient.

— C'est Madame Léontine, n'est-ce pas ? murmura-t-il. Il n'avait jamais eu la chance de la voir avant ce jour. Elle est très belle, patron.

— Et elle est bien plus que ça, mon cher, dit Arsène, sa voix enlacée d'émotions. Reste ici.

Il sortit de la Cadillac, sans oublier de saisir le paquet qu'il avait pris, avant de quitter son appartement.

La femme lui sourit et lui ouvrit les bras, afin de l'embrasser sur les deux joues avec un bonheur léger.

— Oh, Arsène ! Merci pour tout. Tu m'as sortie d'une terrible situation.

— Ce fut un honneur de pouvoir vous porter secours. Et si nous faisions quelques pas ? Nous avons des choses à nous dire, je pense.

Elle lui saisit sa main, et ensemble, ils entrèrent dans ce parc qu'un poète aurait comparé à un Eden urbain. Une verdure magnifique et les effluves de chlorophylle les grisaient. Ils s'abritèrent à l'ombre d'un arbre, semblable à celui sous lequel ils s'étaient retrouvés, quelques jours auparavant. Arsène observa les promeneurs, les étourdis qui tombaient leurs paniers-repas, l'offrant aux fourmis. Sur un banc, il aperçut deux hommes en train de discuter. L'un d'eux portait des verres sombres qui cachaient ses yeux, tandis que le second était habillé en parfait gentleman anglais. Ils semblaient se connaître depuis plus longtemps qu'Arsène ne pouvait imaginer.

Lupin détourna le regard de ce spectacle de vie, afin de se concentrer entièrement à Léontine, qui commença à dire doucement :

— J'ai lu dans les journaux que ce directeur de la Sûreté avait été arrêté également pour le meurtre de Metzger… Comment ? Pourtant, je suis certaine que…

— Je ne sais pas, Léontine. Et je ne veux pas savoir.

— Qu'as-tu fait de mon dossier ?

— Parti en flammes.

— Mais… pourquoi ? pourquoi ne souhaiterais-tu pas connaître qui je suis réellement ? demanda-t-elle à voix basse.

— Parce que je le sais déjà. Vous êtes pour moi la déesse d'argent, et il n'y a pas une once de cruauté dans ce cœur si bon. Une femme que j'aime autant ne peut être mauvaise.

La culpabilité, le souvenir était sur la langue de Léontine. Elle ne put retenir les mots, car ils avaient besoin d'être avoués, afin qu'elle ne soit plus seule à porter son fardeau :

— Je me suis disputé avec Steffen, et dans la folie de cette altercation, nous nous sommes saisis par les vêtements, débattus, et je l'ai poussé. Il a chuté contre une bibliothèque, inconscient. Mort, souffla-t-elle, baissant le regard.

La réponse qu'elle reçut fut inattendue. Un éclat de rire échappa des lèvres de Lupin, suivis d'une exclamation de joie :

— Ah, souriez donc ! Je savais que vous n'aviez pas de sang sur les mains ! Elles sont si délicates et si douces… disant ceci, il les saisit et les embrassa avec élan. Le pauvre Steffen est mort d'une balle en plein crâne. La réalité est que Leroy l'a tué. Il aura certainement voulu connaître l'emplacement de ce dossier qui a causé tant de chagrin, mais Metzger l'avait déjà déposé à la banque. C'est ainsi que Leroy a su où il était, et a pu ordonner à l'inspecteur… Mais, vous pleurez ? Non, vous n'en avez pas le droit.

À l'abri de l'arbre, il embrassa les joues de la dame, séchant avec ses baisers les larmes de soulagement et de félicité qu'elle pleurait.

— C'est que je suis trop heureuse ! Je suis finalement libre de ce crime. Mais alors… Pourquoi Lucien aurait-il dit ces horribles choses ?

— Pour vous garder sous son contrôle, évidemment. Car il exerçait son chantage autant si ce n'est plus au travers de votre culpabilité qu'au regard des dossiers qu'il possédait. Les preuves seules, avec vos talents d'aventurière, n'auraient pas suffi. Vous auriez pu vous défaire de son emprise. Vous auriez pu le cambrioler, ou changer d'identité afin de vous enfuir. Mais vous étiez mortifiée, paralysée par l'horrible fardeau que sa manipulation vous a forcé à porter.

— En effet… Oh, tu vas penser que j'ai été crédule…

— Non, il s'est servi de vos valeurs morales contre vous. De ce que vous redoutiez avoir fait. Et désormais, vous êtes libre. J'ai d'ailleurs récupéré un petit cadeau…

Lupin tendit le paquet à Léontine, qui en déchira le haut afin de voir ce qu'il refermait. Qu'elle ne fut pas sa stupéfaction lorsqu'elle y découvrit la statuette à son effigie, précieusement protégée des chocs par des couches successives de cotons !

— Oh, Arsène. Tu y as pensé, c'est fabuleux.

— Il ne la méritait pas.

— Mais toi si, décida-t-elle en lui rendant la sculpture. Garde-la, je t'en prie. En souvenir de cette aide que tu m'as apportée, et de nos moments partagés. Je serais heureuse de savoir qu'une partie de moi ne te quittera jamais.

— Vous m'avez déjà offert un cadeau, je crois. Il m'a fallu du temps afin de décrypter son secret, mais je pense avoir compris.

— Vas-y, continue, l'incita-t-elle, avec un sourire, curieuse de connaître son raisonnement.

— Sur la pipe sont gravées les quatre Heures des saisons. Elles faisaient référence aux quatre pierres sur ma montre à gousset, représentant les saisons également, n'est-ce pas ?

— Tu es réellement brillant, Arsène. Ce petit clin d'œil m'a beaucoup amusé. Ce fut des adieux magnifiques, je te remercie.

— Vous allez reprendre votre vie d'aventurière. Nos chemins se doivent de se séparer encore une fois, je le sais, mais puis-je avoir au moins l'espoir ? Peut-être oublierez-vous de nouveau un gant, afin que je puisse vous le rendre ? demanda-t-il doucement, les lèvres frémissantes.

— Nous ne sommes pas destinés à nous revoir.

Sur ces mots, elle l'embrassa. Elle glissa ses doigts sur sa nuque, l'agrippant, faisant fi des conventions et des carcans, des regards qu'ils sentaient peser sur eux. Lorsqu'elle se sépara de lui, elle marcha rapidement, s'enfonçant dans le parc pour y disparaître comme un rêve. Arsène ne put s'en satisfaire, alors il déclama, cherchant à l'atteindre une ultime fois :

— Je vous aime !

— Je sais…

Ce fut les derniers mots qu'il put entendre d'elle, car déjà, Léontine n'était plus visible, et il semblait qu'un silence abyssal se faisait dans son cœur.

Les oiseaux chantaient, et les gens se promenaient, mais il y avait une absence. Ce sentiment amer de la fin de l'été, de la dernière page d'un roman.

Arsène voulut y échapper, accélérant ses pas afin de rejoindre la voiture.

— Alors, patron ?

— Elle est partie.

— Oh. Vous avez tout perdu dans cette affaire, dans ce cas.

— Non, Constantin. J'ai gagné une belle aventure, et elle m'a laissé la statue, dit-il, en montrant cette dernière.

— Mais vous ne la reverrez plus jamais.

— Faux, encore une fois.

— Comment… ?

— Elle a quelque chose à me rendre.

Le gentleman-cambrioleur glissa sa main dans la poche de sa veste, où sa montre à gousset n'était plus. Un sourire se dessina sur ses lèvres. Il avait bien ressenti une pression contre son veston, mais il n'avait pas souhaité vérifier, laissant le destin les guider vers de nouveaux étés.

Léontine lui avait substitué sa montre à gousset, gardant l'espoir de le revoir.

OKARIA NATTERO-BELLOUNAT

Contact :
onbbooks@outlook.com

Couverture : C. NATTERO

ISBN : 978-2-9559524-3-6
Dépôt légal : Novembre 2021

Okaria NATTERO-BELLOUNAT
Les Nouvelles Aventures d'
Arsène Lupin
L'Homme à L'Orchidée

Okaria NATTERO-BELLOUNAT
1 regard pour 2

Okaria NATTERO-BELLOUNAT
Les Nouvelles Aventures d'
Arsène Lupin
Le triptyque